小学館文庫

恋する検事はわきまえない

直島 翔

小学館

目次

シャベルとスコップ

空の一部になったように隅田川が夕日に染まっていた。水面《みなも》を木枯らしがあおり、護岸ブロックの縁に小さな波が立っている。倉沢《くらさわ》ひとみは言問橋《ことといばし》の中ほどにさしかかると、歩みを止めた。欄干に手を添え、川の流れをのぞき込んだ。

春になれば、桜並木の散らす花びらが水の上を滑っていく眺めを楽しむことができる。なのに、その頃にはもう自分は浅草にいない。

橋を歩いて渡っているのは、離任のあいさつに川向こうの墨田署に出かけたからだった。異動は三月一日付。その日からは鹿児島地検の検事となる。

墨田署の刑事課とは去年の秋口に強盗犯を協力して逮捕した。追出《おいで》課長からは満面の笑みでこう言われた。

「現場に押しかけて暴れた検事さんを見たのは、あなたが初めてです」

倉沢は手痛い失敗をごまかそうとして、思わずアハハハッと高笑いした。

「では今度こそ、刑事さんたちに見られないところで暴れることにします」

「ほう、そうきましたか。九州でもその意気でがんばってください」

鹿児島へは一度赴《おもむ》き、住む部屋も決めてある。新人検察官として二年の研修期間を過ごした区検浅草分室に足を踏み入れるのは、きょうが最後になる。

検察官室に戻ると、久我周平《くがしゅうへい》が調書をめくりながら難しい顔をしていた。

「どうしたんですか?」

「猫のおばあさん、不起訴にすることになりそうだ」

倉沢は「えっ」と思わず声をあげた。

台東《たいとう》署から略式起訴相当の意見書付きで書類送致された事件だ。

「廃棄物処理法違反でしたっけ? けっこう被害は大きいと思いますけど」

児童公園の砂場から、首輪をした飼い猫の死体が見つかった事件である。遊んでいた子供たちが発見し、親から区の公園課に通報が行き、警察が出動した。現場では公園利用者への嫌がらせという見方をする者もいたが、まもなく首輪に記載された住所から近くに住む八十歳の女性の犯行と特定された。

飼い猫の急死を悼むまではいい。だが、おばあさんはあろうことか、公園の砂場を埋葬場所に選んだのだ。

砂場は消毒と砂の入れ替えが済むまでテープが張られて立ち入り禁止となった。工事業者への費用など区役所が被った損害は小さくはない。

久我は目を閉じ、眉間《みけん》を指でもんでいた。

こういうときは悩んでいるのではない。はっきりした根拠を持っているのが常だ。仕事のイロハを教わった指導官の癖はよくわかっている。

「おばあさんの刑事責任能力に疑問が出てきた」

「責任能力？　ということは、行為の善悪を判断できない状態にあったってことですよね」

「そうなんだ。同居している息子さんに話を聞いたところ、ごく最近、『財布から金を盗んだのはお前じゃないか』と責めたてられたことがあったらしい」

倉沢は納得した。

「それは老人性認知症の初期に見られる被害妄想かもしれません」

久我は深く頷《うなず》いた。

「だから息子さんに専門医にみてもらうように言った。診断書が届き次第、処分を決める。書証《しょしょう》を完全に整えて事件を送ってきた台東署には申し訳ないことだが、しかたない」

ここでふと、倉沢の頭に疑問がよぎった。

「ところで、久我さんがおばあさんの症状に気づいたきっかけは何だったんですか？」

「シャベルとスコップだ」

「はっ？」

久我は台東署員によって作成されたおばあさんの供述調書の記載が「シャベル」になっていたのだと説明した。猫を砂に埋めるとき、何を手にしていたかである。家の物置にあった大小の道具からは、小さいほうにのみ公園の砂が付着していたという。

それがいったい何なのか？　推理がまだまだ追いつかないところに、予期せぬ質問が飛んできた。

「倉沢、きみにとってシャベルとスコップはどっちが大きい？」

「シャベルですけど……」

「うん、おれにも大きいのはシャベルだ。ところが、人によって、地域によって、逆に認識されている場合があるらしい」

書類送致を受けてまもなく、久我はおばあさんを区検に呼び出し、認否を尋ねた。おばあさんはためらうことなく容疑を認めた。しかしこのあと、供述調書を読み聞かせしているとき、久我は妙な反応に気づいた。シャベルの部分で彼女は怪訝な表情を浮かべたのだという。

署員の取り調べを受けたとき、「これを使ったんですね」と確認のために見せられたのが小さいほうの道具だったからだ。しかしそれは、おばあさんにとっては「スコップ」以外の何物でもなかった。

「なるほど、わかったわ。捜査員の認識では小さいほうがシャベルだったんですね。おばあさんとまったく逆になっていた」

「そうだ。つまり、彼女は取り調べの間にシャベルなんて一言も発してない」

「そのこころは？」

「捜査員の言うままに、事実関係を認めたってことだ。なぜそうなったか？」

そこで二人の声がそろった。

「何も覚えていなかった」

おばあさんは久我に問われて初めて、猫の死体を埋めた記憶がまったくないことを明かした。調書の作成過程の問題に気づいたのはもちろん、そこから久我は善悪を判断する思考力の欠如を疑い、起訴を見送る方向を選択肢に加えたのだ。

倉沢はおばあさんの立場と気持ちを推し量った。

「残念ながら、彼女が法を犯したのは紛れもない事実なんでしょう。だけど、弁明の権利はどんな人にもある。しかし、当の本人は周りから言われて、自分が大変なことをしたと思っているから、突きつけられた状況をただ認めるしかなかった。誠実な人ほど罪悪感が先走って、自分を弁護することを忘れてしまうんですね」

そう語りつつ、倉沢は久我への敬意が胸の内にふつふつと沸き上がるのを感じた。

こんなときは素直に気持ちを言えばいいのだけれど、口にも顔にも出さなかった。自分らしくないからだ。

壁時計の針が五時半を指していた。退庁時刻が迫っている。

倉沢は家から持って来たリュックサックに黙々と私物を詰め込みながら、よくケンカをした指導官との月日を振り返っていた。

ふと、映画の場面が頭をよぎった。

「久我さんって、たしか一九七九年生まれでしたよね」

「そうだよ、それがなんだ」

倉沢は日本でその前年に封切られた『ジュリア』というアメリカ映画を知っているかと聞いてみた。

「知るわけないだろう。おれは生まれたばかりの赤ちゃんだし、第一、きみのような映画マニアではない」

「えっ、大女優のジェーン・フォンダ主演ですよ。あの名作を知らないんですか。なーんだ、つまんない」

「外国の映画を知らないぐらいのことで、何でおれがつまんないなんて言われなきゃならないんだ」

「いえいえ、もし久我さんが映画を観ていたら、話しやすいなあと思って」

「何を」

「ジェーン・フォンダが演じた女性は、とても気が強いんです。で、とぼけたおじさんとこんな会話をします」

〝きみはケンカが大好きだね〟

〝あら、私はブルドッグじゃないわ〟

〝ブルドッグだよ。少なくともコッカースパニエルじゃない〟

「それがどうしたんだ？」

「誰かと誰かに似ていると思いませんか？」

「おれときみか」

「正解です」

彼は腕を組み、考えるそぶりをしてから言った。

「ははーん、さては、さんざんおれに食ってかかったり、文句を言ったりしてきたことを反省してるんだな。遠回しにそんなセリフを持ち出すなんて、お詫びのつもりか？」

倉沢はふてぶてしい笑みを浮かべ、首を横に振った。

「いいえ、謝りません。久我さんと一緒に仕事をして、一つの選択をしたってことです。私はいつまでも検察官として、吠《ほ》えっぱなしのブルドッグでいたいと思っています」

久我はふんと鼻で笑って何も答えなかった。そのあと椅子から立ち上がり、おもむろに背広を羽織った。

いよいよ、彼とのお別れの時が来た。倉沢はそのタイミングで、どうしても聞かずにはいられない質問をした。

「どうして常磐《ときわ》さんの誘いを断ったんですか？」

常磐春子《はるこ》。元福岡地検検事正。久我の小倉支部時代の上司で、今は弁護士に転じ名門法律事務所の理事長を務めている。

「何だ、あのおばさん、きみに話したのか」

「ええ、きのうご飯をごちそうになって、たっぷりと聞きました。私の異動を聞きつけて、声をかけてくださったんです。誰だってこんなところにいるより、常磐さんの事務所に行くほうを選ぶと思いますよ」

あえて挑発的な言い方をしてみたのだが、窓際に追いやられた検事は何ら表情を変えず、涼しい顔をしていた。

地検とその下部組織である区検では扱う事件が大違いだ。殺人や強盗といった正式公判が必要な事件は決して送られてこない。

「常磐さんが言ってました。久我さんの取り調べの腕は一級品、区検でちまちました略式事件ばかりやってる検事じゃないって……」

久我は面倒くさそうに頭をかいて言った。

「だからといって、おれは弁護士にはなりたくないんだ」

「余計なお世話って態度ですね」

「ああ、余計なお世話だ」

「彼女、悔しがってましたよ。怒ってもいました。久我さんが小倉支部から東京に異動したとき、特捜部への内示を検察の派閥争いがもとで、反故《ほご》にされたそうじゃないですか。私、それを聞いて組織に失望しました」

「おれが失望してないんだから、別にいいじゃないか」

「えっ、久我さんは失望してないんですか」

「ああ、そうだ」

「どうして?」

「うーん、どうしてと言われると、説明が難しいなあ。まあ、辞めたくなることがないわけじゃない。だけど不思議なことに、辞めたくなると、すぐに辞めたくなくなるんだ」

「はあ?」

久我はうまく煙に巻いたと思ったのか、してやったりという顔をして薄く笑った。倉沢はもう何も言う気がしなくなって押し黙ったものの、心の内では一つの結論に達しかけていた。

この人は検事の仕事が好きなのだろう。

帰り道、区検の卒業記念に浅草寺《せんそうじ》の中庭を歩いてみることにした。寒空の下、踏みしめる砂利《じゃり》が乾燥した空気にキシキシと音を立てた。

門のそばまで来たとき、一人の高齢の女性の丸まった背中が目に留まった。香炉の灰にそーっと線香を立て、手を合わせて祈りを始めた。

その姿が公園の砂場に猫の死体を埋めたお年寄りにかさなった。

もし台東署の送致を私が受けていたら、彼女はどうなっていただろう？　簡裁に罰金の略式命令を求める軽微な処分とはいえ、前科は前科だ。罪に問わなくてもよかった人の晩節を汚した可能性が大いにある。

そう思ったとき、鳥肌が立った。

倉沢は「負けるもんか」とつぶやき、ケンカばかりしていた指導官の顔を思い浮かべた。

ジャンブルズ

1

カーテンを開けると、桜島が風景画のように静止していた。爆音がとどろくほど噴火したところはまだ見たことがない。倉沢《くらさわ》ひとみは二重サッシの窓を全開にし、身を乗り出して街の景色を眺めた。

借りた部屋は鹿児島市街を見下ろす丘にあり、五十万都市が一望できた。埼玉に住む母や祖母が遊びに来てくれたとき、桜島と街の景色のコラボを見せたくて選んだ部屋であった。

高校と大学はともに東京の私学に通った。実家を出て独り暮らしをするのは初めてだ。母は急な貧血を伴う腎臓系の持病を抱えている。父の浮気がもとで離婚し、娘が家を出たあとでは万が一のときにそばにいる人はいない。

母は「毎日ちゃんと薬を飲んでいるし、心配いらないからね」と笑顔で旅立ちを祝福してくれたが、やはり千キロの距離は遠い。引っ越して以来、朝起きて窓から眺める火山がはね返してくるものは、新任地でばりばり仕事をする自分への期待が半分、母の体調への不安が半分といったところだった。

鹿児島市中心部にある地検の検察官室で、中迫《なかさこ》事務官に部屋の間取りを話したとき、彼はやや心配げな顔を向けて言った。

「窓が桜島を向いちょっと、噴火のときに灰をかぶっとですよ」

鹿児島弁は「る」が小さな「っ」に聞こえる。

やや薄くなった短髪の下に、太い眉とぎょろ目の据《す》わる中迫とともに仕事をして二週間ほどになった。彼は奄美大島《あまみおおしま》の地検支部で定年を迎えたあと、再任用制度のもとで本庁に復職したベテラン事務官である。初対面のとき、気さくに趣味を明かしてくれたのを思い出す。

「日曜日は中高年のサッカーチームで走り回ってます」

「いいですね。そういえば中迫さん、お腹がぜんぜん出ていない」

顔は西郷《さいごう》さんみたいなのに、中年らしからぬ引き締まった体格をしていた。

「ポジションはどこですか？」

「センターバックですわ。監督もやってまして、年くって足が弱った分、後ろから大声出してほかのもんを走らせております」

中迫は張りのあるよく通る声をしていた。

「なかなか迫力がありそうですね」

「いえいえ、言うこときかんヤツばっかりですわ」と返して、ガハハと笑った。

倉沢は東京勤務を経て任官三年目を迎えていた。まだ駆け出しの部類とはいえ、検事は任官したときから管理職である。中迫とは親子以上に年が離れている。若い検事と古手の事務官はぎくしゃくしがちなところだ。しかし彼は長年のキャリアゆえか、年下の上司に接するとき、どんな感情であれ内心を必要以上に表に出さないことを身になじませているように思えた。

　中迫という実直で温厚な事務官に感謝の念を抱きつつ、倉沢は新任地の勤務を順調に滑り出していた。

2

　三月の鹿児島は日々の寒暖差が大きかった。日本海から西風が吹くと、遮る山地がないために市街は冷たい大気に包まれる。かと思えば、南風の日は温暖な気候に戻り、外を歩くと花芽の匂いが鼻腔《びこう》をくすぐった。

　きょうは寒い日にあたっていた。倉沢はアパートを出たところでコートの襟《えり》を立て、庁舎まで二十分ほどかかる道をてくてく歩んだ。

「寒かぁ、寒かぁ」と素《す》っ頓狂《とんきょう》な声をあげながら検察官室に駆け込むと、先に出勤していた中迫が携帯にブツブツとつぶやいているところだった。

「パスを求めるやつにしか、シュートは決められんとぞ。ほかに誰がおっか」

倉沢に気づくと電話を切り、照れくさそうな顔をした。前線のストライカーを誰にしようかという話なのだろう。

「試合の段取りですか？」

「ええ、私の采配に不満を言うキャプテンに気合を入れたところですわ。つまらんことにこだわって、人を見る目がなかとです」

「パスを求めるやつにしか……なんて、なかなか味のあるセリフですね」

「いや、恥ずかしい。職場で遊びの話をしてしまった」

「気にしないでください、私も楽しいですから」

「ほう、楽しいですか！　そうなら、本当に気にしませんよ」

太い眉が八の字になった。その顔のまま注意が始まった。

「さっきの『寒かぁ、寒かぁ』は福岡辺りの九州弁です。鹿児島におられる間は『さっみぃ、さっみぃ』と言ってください」

倉沢は「失礼しました。今後気をつけます」と、いたずらっぽい笑みを返した。

中迫はそこでふと思い出したように言った。

「寒い日はやっぱり、ネギマ鍋ですか？　あれはうまい料理ですなあ」

「はあ、ネギマ鍋って？」

「あれっ、ご存じないですか？」

「ええ、聞いたことがありません。ヤキトリのネギマならわかりますけど」

「鮪《まぐろ》にネギを合わせて煮た江戸料理ですよ。三年前に東京に出張したとき、たまたま知り合った人にごちそうしてもらいましてね。おかしいなあ、東京の人はみんな食べると聞いたもんですから」

倉沢は首をひねりながら返した。

「知らなくてごめんなさい。それに私、東京じゃなくて埼玉出身なんです」

「いやあ、失礼しました。北九州と南九州を一緒にするようなことを、今度は私が言ってしまった」と、中迫は目尻を下げて笑った。そのあと、彼は急にまじめな顔つきになった。

「倉沢検事、じつは、きのう言い忘れました。今から県庁の会議に行ってください」

「はて、何の会議ですか？」

「ウナギです」

「は？」

ベテラン事務官はにこっとして、倉沢あてに届いていた案内状を手渡した。

3

県庁は地検から歩いて五分とかからない場所にある。エレベーターを使わず六階まで階段を使ったため、少し息切れがした。

県内水面《ないすいめん》漁業対策会議

まるで面白みのない看板が会議室の横に立てかけてあった。「内水面」とは水産行政用語の一つである。海の漁場に対して、川や湖といった内陸の漁場がそう呼ばれている。

受付に丸顔の小柄な若者が一人座っていた。倉沢が名を告げると、彼は資料の入った封筒を手渡しながら、きょとんとして話しかけてきた。

「代理の方ではないのでしょうか？」と小声で聞いた。

倉沢の眉がぴくんと動いた。

「ええ、私が検事ですよ。代理ではありません」と不満げに口にした。

「本物の検事さんなんですね？」

「そうですよ。私が検事には見えないってことですか？」

「いや、そういう意味ではないんです」

受付の青年はなぜかうれしそうに笑んだ。太い眉の下に、くりくりした目がある。中迫がおじさんの西郷さんなら、こっちは少年の西郷さんだ。

彼は改まって「失礼しました。私は漁政課の福元芳人《ふくもとよしと》です」と名乗り、名刺を差し出した。部署名以外に肩書はなかった。

「うれしかったんです。やっと検事さんに会えたと思って……いつも来られるのは代理の事務官の方でしたから」

「検事が来たのは初めてなの？」

「ええ、去年もおととしも代理の方でした」

そう言われると同時に、疑念がわいた。検察官がいようがいまいが、どっちでもかまわない会議なのだろうか。不機嫌になりかけたとき、福元が思いがけない一言を投げてきた。

「検事さん、あの子たちを助けてあげてください」

倉沢は「ん？」と小首をかしげた。

4

退屈な会議なんだろうなあという予感は外れた。のっけから口角泡《こうかくあわ》を飛ばす論戦が始まったのだ。参加者は県職員を除けば五人いて、資料にこうあった。

漁協組合代表／和田文治《わだぶんじ》
養鰻《ようまん》業代表／加古木静香《かこぎしずか》
自然保護ＮＧＯ／野村光代《のむらみつよ》
県警刑事部／木下安正《きのしたやすまさ》

そして最後に鹿児島地検検事として「倉沢ひとみ」と記してある。

「何を言っちょっか。シラスの漁獲制限やら、どこの県もやっとらんやろうが」と、いきりたったのは漁協代表の和田だった。

彼は憤然と続けた。

「何で鹿児島の漁師が率先してそげんこと始めんといかんのか。あんた、野村さんていうたっけ？　土地のもんじゃないやろう。どこん出身ね？」

野村がきっと目を吊《つ》り上げて言い返す。

「私は福岡出身ですけど、それが何か？」

「よそからきて土地の者が損するようなことを平気で言いよっが。それが、おかしいちゅうんじゃ」

「私はニホンウナギ全体のことを心配しているんです。鹿児島だけじゃありません。高知《こうち》でも、宮崎《みやざき》でも、シラスの産地を回って同じ呼びかけをしています」

倉沢の耳は「シラス」という略したウナギの稚魚《ちぎょ》の呼び方になかなか慣れなかった。聞こえてくるたび、イワシの稚魚を干した白い「ちりめんじゃこ」がちらちらと頭に浮かんだ。

「鹿児島が真っ先に漁獲調整せんといかん理由はなかろう」

「いえ、あります。鹿児島はどの川でも、漁が成り立たなくなるぐらい減少しているじゃないですか。それに漁期が長すぎますよ。ここは十二月から三月まででしたね。せめて二月までに短縮できませんか」

「だめだめ」

和田は大げさに首を横に振った。

「あんた、漁師の生活を何と思ってる。ひと月も休業しろと言うんかぁ。それにじゃ、この会議で漁獲制限の話をするなんて聞いとらんかったぞ。いったい、自然保護団体やら連れてきたのは誰ね？」

司会役の県の漁政課長は、たじたじとしていた。何かを言いかけたとき、女性の決然とした声が響いた。

「わたくしです」

養鰻業代表の加古木がすっくと立ち上がった。

「和田組合長、お気持ちはわかります。でも、シラスという資源が枯渇《こかつ》しかけていることは事実です。私たち生産者の側が、いよいよ行動を起こす時期に来ているのではないでしょうか」

　彼女はさらに弁舌をふるった。

「県産シラスウナギは歴史的な不漁続きです。値段は跳ね上がるばかりですね。このままでは私どもは県産を買い取れなくなります。つまり、鹿児島ブランドのウナギが守れなくなる危機が迫っているんですよ」

　シラスウナギを漁師から買い取り、成魚に育てるのが養鰻業である。漁師から見れば大切な顧客なのだろう。和田は急におとなしくなった。

　漁期を短縮するかどうか。それは次回の会議への持ち越しとなった。和田は一か月の短縮案を組合に持ち帰ることを約束させられた。

「仕方ありません。組合でも話すことは話してみます」

　和田が悔しそうに言うと、二人の女性は満足げに目を見合わせた。落としどころとして、最初からそこを狙っていたのだろうと倉沢は思った。

　会議はもう一つの議題に移った。

　課長がかしこまって言った。

「では、ここからは密漁問題です。まずは取り締まり責任者の倉沢検事から、ご説明いただきます」

えっ？　倉沢の目が極小の点になった。

5

あーっと、うーっと、えーっと……。

倉沢は心のうめき声が唇から漏れないようにしながら、ぎこちなく立ち上がった。捜査方針など知らない。引き継ぎ資料に見た覚えもない。

ところが、不思議なもので、ピンチになると自然にアドレナリンが体を駆け巡った。かつて新聞で読んだ密漁に関する記事をかろうじて思い出しながら、こんなときはハッタリを利かせるのが大切だと思った。

「水産資源の密漁は暴力団が背後にいるといわれています。そうですよね、木下さん」と、ずっと黙ったままだった県警の代表に聞いた。

木下は静かに頷いた。

「確かに、そう言われています。私がここにいるのもそのためです」

と彼は短く答えた。口ぶりは丁寧だったものの、投げてきた視線は冷ややかだった。

倉沢は気にしないで続けた。

「暴力団の密漁が野放しであれば、善良な漁師さんたちが漁獲制限をしたとしても資源を守ることになりません。見つけ出して適当な罰を与えるのが、私たち捜査機関の務めでしょう。摘発に全力を尽くすことをお約束します」

立て板に水のように舌が回った。自己満足に浸りかけたとき、ぱらぱらと拍手が起こった。

和田が言った。

「いやぁ、じつに頼もしい検事さんが来てくださった。私ら漁業権を持っている者からすれば、密漁者は泥棒と同じですよ。これまでも警察にお願いしてきましたが、なんもしてもらえませんでした」

たちまち木下の顔色が変わった。冷気のようなものが会議の場を包もうとしたが、一瞬にして雰囲気を変えたのは加古木のクスクスとした笑い声だった。上品なしぐさで口元に手をあてている。

「まあまあ、木下さん、そんな怖い顔をなさらないでください。みなさん、何とか良くない現状を打開しようと一生懸命なんですね。警察を批判したわけではないと思いますよ。ねっ、倉沢さん」

と、いくぶん唐突に話を振ってきた。

倉沢は「もっ、もちろんです」と、ややつっかえながら木下を見やると、何か言おうとした口を閉じるところだった。

それにしても、クスクス笑いで場の緊張を和らげるとは、加古木という女性は大したものだと思った。敬意を示すつもりでぺこりと頭を下げると、彼女は二人以外の誰にもわからないように片方の眉をピクッと上げて見せた。

倉沢は会議が終わると、公の場でメンツをつぶされかけた警官を呼び止めた。だが、怒りはまだ消えていなかったらしく、彼は露骨に不機嫌な顔を向け、名刺を差し出してきた。

刑事部組織犯罪担当の警部と記されていた。細面《ほそおもて》のあっさりした顔立ちながら、その中から反感をたぎらせる目がこちらを向いていた。

警部は低い声で聞いてきた。

「検事さん、さっきの発言は本気ですか?」

「ええ、本気です。責任ある仕事をしなきゃいけないと思っています」

木下はフンと鼻を鳴らした。

「ですが、密漁団がどんな連中か突き止めないことには、何も始まらんのじゃないですか。あなたにできますかねえ」

バカにされてすごすごと引き下がる倉沢ではなかった。

「つまり県警にもネタがないということですね」と、挑戦的に言い返した。

「倉沢さん、あなたは私らが何もしとらんと言いたいんですか?」

「そんなことありません。捜査を一緒にやりませんかと言いたいんです」

倉沢は一歩前に進み出た。少し前の加古木のとりなしもむなしく、若い女性検事とベテラン捜査官のにらめっこが数秒続いた。

先に視線を逸《そ》らしたのは捜査官のほうだった。

「こりゃあ、気の強いお嬢さんだ。お手並み拝見といきますよ」

木下は皮肉っぽくそう言って部屋を出て行った。

6

階段に向かおうとしたとき、福元と目が合った。庁舎を出ると、人目をしのぶように後からついてくるのがわかった。

倉沢はしばらく黙々と歩き、公園に入った。淡い紅色のツツジが花を結ぶ生け垣の前に、日当たりのいいベンチを見つけた。腰掛けたあと、おいでおいでと彼に手招きした。

「私に話があるのね」

福元は小犬のように駆け寄って隣に座ると、「見せたいものがあります」と言った。

胸ポケットから身分証を取り出した。そこには一目で福元とわかる濃い顔の写真の下に、「漁業監督吏員《りいん》」と印字されていた。

「何のことだろう、漁業監督吏員って？」

「えっ、知らないんですか……」と、彼は残念そうに言葉を切った。

倉沢はやや困惑しながらスマホを取り出した。電子六法を呼び出して「漁業法」を引いてみると、そこに数行の規定があった。密漁者への逮捕・送検を行う権限を都道府県職員に与える制度だった。

「そっか、わかったよ。福元さんたちは司法警察員なんだね」

「そうです。このカードは、私たちが川や湖の水産資源を守るための警察官であることの証明書です」と、彼は満足そうな顔つきで言った。

一般の警察官だけが警察官ではない。海上保安官、麻薬取締官、労働基準監督官などは承知していたが、県職員を任命する制度までは頭に入っていなかった。

規定を読み進めるうち、自分が会議の場で取り締まり責任者とされていたわけを解した。漁業監督にあたる司法警察員については、都道府県の知事と検事正が協議して任命すると書かれていたのである。

がぜん興味がわいてきた。

福元は検事が代理を立てずに会議に来たのを喜んでいた。それはこれまでの地検の担当者が、何もしていなかったことを物語っている。

「福元さん、初歩的なことを聞いていい？」

「ええ、何でもどうぞ」

「養殖場のウナギって、卵から孵《かえ》すんじゃないのよね」

「はい、国の試験場で人工孵化《ふか》を研究していますが、実用化にはいたっていません」

「つまり、稚魚のシラスウナギを捕ってきて人工の池みたいなところで育てるしかないのね」

「そうです。立派な成魚にするには半年から一年かかります。だから、シラスの不漁、豊漁が翌年の蒲焼きの値段を左右することになります」

倉沢は、東京で以前二千円前後だった鰻重《うなじゅう》が倍にもなっていることを思い浮かべた。

「会議ではシラスの高騰が話題になっていたけど」

「一番高いとき、一匹千円ぐらいだったでしょうか」

「えーっ、そんなに？」

倉沢は目をぱちくりとさせた。親指と人さし指の間を数センチ開いて、「こんなにちっちゃいやつでしょう」と確認した。

「不漁がとことん極まると、一キロで四百万円にもなっちゃうんです。まさに白いダイヤですよ」

「白いダイヤ？」

「ええ、そう呼ばれています」

倉沢は会議を振り返った。

「加古木さんは高くて県産が買えなくなるって言ってたわね」

「シラスは香港や台湾からも買えます。だけど輸入に頼っていると、国産なのかとい う議論になりかねない。鹿児島は養殖ウナギの生産が日本一なんです。加古木さんは、ブランドを傷つけたくないという思いで必死なんだと思います」

福元によると、彼女の会社「加古木フーズ」は養殖にとどまらず、蒲焼きの真空パック詰めなど様々な加工製品を全国規模で流通させているという。

「業界のリーダーであるとともに県財界の有力者ですよ。自然保護団体を会議に呼んだのも、一歩先を見ているからだと思います」

「やるね」と倉沢は感心して頷いた。

「そういえば、彼女が話す言葉って、ぜんぜん鹿児島弁じゃなかった」

「加古木さんは東京のご出身です。旦那さんとは大学の同級生で、結婚してこちらに来たと聞いてます。でも、旦那さんは親から引き継いだ会社を残して、早くにお亡くなりになったようですよ」

地元の出身者じゃないのに県有数の企業を率いるとは、よほどのやり手にちがいない。倉沢は彼女の凜《りん》としたたたずまいを思い出し、敬意を新たにした。

「ところで、福元さんもぜんぜん鹿児島弁じゃないわね」

「僕はバイリンガルです」と彼はほほ笑んだ。

「大学は地元を離れて東京のほうに行ったんです。ですけど、県庁で話すときはちゃんと訛《なま》っているんですよ」

「ちゃんと訛ってるって、どういうこと？」

「何というか、役所に溶け込むための条件みたいなものですかね。もう一つの言語をちらりとでも話せば、ますます生意気なやつだなんて言われかねませんし」

ここでようやく、彼がひそかにあとをついてきたわけを察した。稚魚を守るための積極派は職場に少ないのだろう。倉沢はふと思いついて言った。

「福元さん、お願いがあるんだけど」

「何でしょう。僕にできることであれば」

「その白いダイヤってヒレとシッポがあるのよね？」

「もちろんです。魚ですから」

「私ね、自分の目で一回、泳いでいるところを見てみたいの」

7

週末の高速道はがらんと空いていた。背後の桜島がどんどん小さくなる。鹿児島市の外に出るのは赴任してから初めてのことだった。

倉沢は朝から気になっていたことを聞いてみた。

「きょうは土曜日だけど、和田さん、お休みじゃないのかしら」

福元は通勤に使っているという小型EV車のアクセルを吹かしながら言った。

「きょうは畑仕事だそうです」

「あれっ、和田さんて漁師じゃないの？」

「漁業だけで暮らしている人はめったにいません。多くは農家で漁期にだけ川に入るんです。倉沢さん、ダイチのほうのシラスはご存じですよね」

もちろんという顔で頷いた。

「シラス台地なら、確か小学校で習ったわ」

彼はいかにも県の職員らしい説明をした。

「鹿児島の面積の五〇パーセント以上がシラス台地です。火山灰の影響する酸性土壌のため、コメ作りに適さない。だからサツマイモ、大豆、アブラナが三大作物と言われています」

高速道を降りると、倉沢は「わーっ」と声をあげた。緑と黄色が溶けるように混ざり合う菜の花の大地が広がっていたのだ。

「アブラナって菜の花のことなのね。おひたしにしたら、おいしそう」

だが福元は首を横に振った。

「ここらの菜の花は種から油を搾《しぼ》り取るために栽培されているものです。食用とは種類が違うんですよ。でも、和田さんの畑に食べるほうの菜の花が咲いているはずですから、楽しみにしてください」

車はいったん太平洋に面した志布志《しぶし》湾に出たあと、ふたたび内陸に入って緑と黄色に埋まる畑の前で停まった。そこに中腰になって、小ぶりのカマをふるう和田がいた。

麦わら帽子の下の顔は、きのうの会議のときより日焼けして見えた。来客の姿を目に留めると、白い歯をのぞかせた。

「おう、検事さん、わざわざ志布志までご足労です」

菜の花畑は車上から見るより、ずっときれいだと思った。そのとき風が吹いて、黄色い花びらがふわふわと宙に舞った――というのは一瞬の思いちがいであった。同じ色の羽を持つ何匹ものチョウチョが花から花へと飛び移る景色に、しばし言葉を忘れて見とれた。

倉沢はジーンズにスニーカーという軽装で来たことを正解だと思った。声が弾んだ。

「和田さん、お願いします。私にも手伝わせていただけませんか」

8

温かみのある午後の太陽の下、やや不器用な手つきで菜の花を刈る作業を一時間ほど続けた頃であった。

倉沢は緑と花と土の匂いのなかでこれほど汗をかいたことがあっただろうかと、自身の記憶倉庫のなかに映像を探した。やはりそれは過去にないものだとわかって、拭《ぬぐ》う汗がいっそう爽快《そうかい》に感じられた。

和田は作業が終わると、「自分で刈り取ったぶんは好きなだけ持ってけ」と言った。しかし倉沢は遠慮して、手のひらに載る分だけを頂戴《ちょうだい》することにした。

次第に日が傾き、漁の始まる夕暮れ時になった。

いったん和田の家に寄って休憩させてもらった。古い農家の屋敷の土間でお茶をごちそうになっていたとき、組合長は心配げな顔を向けてきた。

「密漁者を捕まえてもらうのはありがたいことじゃが、川に入ったもんを区別もせんで怪しむのはやめてくれ。一生懸命働いとるとき、疑われたら気持ち悪かろうが」

このあと車二台を連ねて近くの川に向かった。堤防に上がると、河口付近に波が立っていて、浅瀬が続いているのがわかった。

すでに百人は下らないだろう数の漁師が浅瀬に密集し始めていた。和田も、たも網、いけす代わりのバケツを手に持ち、頭にベルト式のライトをくりつけて川に入っていった。

いつしか日が沈み、煌々《こうこう》としたライトが水面を照らした。シラスウナギは光に集まる習性がある。そこを柔らかな繊維で作られた網を使って、傷つけて死なせてしまわないように掬《すく》いあげるのだ。

福元はすこし悲しげな表情を浮かべて言った。

「ウナギの子どもたちは二千五百キロも海を旅してきて、あそこで捕まるんですよ」

稚魚の誕生場所はグアム沖のマリアナ海溝《かいこう》付近といわれ、はるばる旅をして日本の川にやってくるのだ。倉沢もそれぐらいのことは予習してきていた。

「すごいよね。ちっちゃい子ばかりで集まって、泳いでくるのかしら」

青く深い海に思いを馳せていると、福元はいつのまにか懐中電灯を手にしていた。スイッチを入れ、水面に弱い光をあてた。

「少し待ってください。漁師さんたちの手をくぐりぬけた、生命力のたくましいのが来てくれますから」

それから、一分とかからなかった。ひょろひょろとシッポをなびかせる半透明の生き物が、福元の電灯が水面に映す光の円のなかに現れた。体長は七センチほど。頭の部分に二つの目がついている。

倉沢は「かわいい」とつぶやいた。

9

捜査はかなり困難なものになる。そう認識せざるを得なかったのは帰りの車のなかでのことだった。福元が気まずそうな口調で言うには、密漁者は夜の浅瀬でライトをかざす集団にそれとなく混ざっているのだという。「漁師さんたちは川沿いの複数の漁業組合から来ているので、顔見知りばかりじゃないんです」

倉沢は驚きを口にするとともに、和田が捜査の何を心配しているかを察した。

「ということは、私たちは密漁の現場を見ていたことになるわけ？」

福元は顔をしかめた。

「僕はあの景色を見るたび、やるせない気持ちになります。漁政課の職員には警察官のように訓練を受けた者はいません。相手が暴力団組員かもしれないのに、刃向かってきたときに対処のすべがないことが問題なんです」

「丸腰ってわけね」

「ええ、無防備な犯罪と向き合ったこともない素人です。それでも僕たちは、法律では警官の一員と見なされている」と、自虐的な言い方をした。

　無防備という点においては、倉沢にはいささか苦い思い出があった。東京・浅草の区検分室に勤務していたとき、自ら粗暴犯に近づく暴挙を犯して痛い目を見たのだ。そのときの記憶がまざまざと浮かんできて、興奮気味に声量が上がった。

「そうそう、悪いやつにうかつに近づくと、死ぬような目に遭うことがある。私ね、怖い女に顔をがんがん踏まれて、口の中から血を流したことがあるんだ。そのあと、みんなにメチャメチャ怒られちゃってさ」

　福元はハンドルを握りながら、遠慮がちに見つめ返してきた。

「さっき漁を見学していたとき、あそこに密漁者がいるなんて言ったら、突っ込んでいったんでしょうか？」

「かもね」と倉沢はあっけらかんと言い、何も懲りていないようすでハハハと笑った。

「そういえば、福元くんは何で水産関係の部署にいるの？」

「僕はもともと一般の行政職です。自治体のデジタル化を推進したくて県庁に入りました。統計データの分析とか、プログラミングとか、そっち方面は大学でも専門にやったし、けっこう自信があるんですよ。でも希望の部署に行けなくて……」

倉沢は彼が言い終わらないうちに相好《そうごう》を崩して言った。

「おもしろいわ」

「何がですか？」

「だって、密漁団の摘発をめざしているのは、ウナギ養殖の仕組みもろくに知らない新任検事とパソコンおたくだけだなんて」

「うん、そうですね」

二人は目を見合わせて笑った。

10

鹿児島地検の次席検事は葉山《はやま》という男であった。倉沢が着任のあいさつに赴いたとき、欧米の紳士のようにほほ笑んで握手を求めてきた。来客用のソファに座らされると、冬は大分の九重《ここのえ》でスキー、夏は宮崎の青島《あおしま》海岸でサーフィン、ゴルフは一年中どこでも……と、いかに九州ライフを満喫しているかという話ばかりを聞かされた。

五十がらみにしては豊かな黒髪をきちっと整髪料で固め、背広にはしわ一つない。

しかし、そんなおしゃれが検察の仕事にどう役に立つのかというのが、次席検事室を出ていくときの倉沢の感想だった。

登庁すると、その日とは打って変わった不機嫌な声で電話がかかってきた。ただちに顔を出せと言う。用件は部屋に三歩入ったところでわかった。地元紙の紙面が拡大コピーされ、葉山の机に置かれていたからだ。

シラスウナギの密漁摘発へ

鹿児島地検

資源対策会議で表明

九州ライフを楽しむ男は、まったく楽しそうではなかった。

「倉沢くん、スタンドプレーは困るんだよ」

無駄な衝突は避けるのが大人の習いだと思いつつ、紙面の見出しを見つめていたのだが、スタンドプレーとは聞き捨てならない。

「葉山さん、その英語ですけど、映画の字幕では『出しゃばり』と訳されているのをご存じでしょうか」

「何だね、きみ、その不遜《ふそん》な態度は」

「私は会議で当たり前のことを言ったつもりです。どこがいけないんですか？」

「困るんだよ。こんなことを書かれたら」

「困る？　具体的に言ってもらわないとわかりません」

「きょうは月曜でね、これから定例の記者会見がある。密漁の摘発に地検が本腰を入れるとなれば、質問が出るだろう。密漁団について有望な手がかりがあるならともかく、いくらなんでも自信満々に宣言しすぎじゃないかね」

倉沢は筋が通らないと思った。

「お言葉ですが、密漁団の手がかりがないのは地検や地元警察が今まで何もしてこなかったからじゃないですか」

「県から告発がないんだから、仕方ないじゃないか」

自分でも驚くほどの速さで頭に血が上った。福元に実情を聞かされたとき、血の流れる道があらかじめできていたにちがいない。

「県のせいにするんですか？　彼らを司法警察員に任命しておきながら、するべきことをしてこなかったのは私たちじゃありませんか」

葉山は顔を紅潮させた。

「着任早々、キャンキャン吠えるんじゃない！」と声を荒らげた。

が、その程度の罵倒《ばとう》で大人しくなる倉沢ではなかった。

「ええ、着任早々だろうが、新任だろうが、やる気のない人にはキャンキャン吠えるのが私の流儀です」

「狂犬か、きみは……」

「何とでもおっしゃってください。私が担当官に任ぜられた以上、責任をもってやります」

東京を発《た》つ前、常磐春子に激励してもらった夜のことを思い浮かべていた。女性検事の草分け的な存在の彼女は、都心のホテルのラウンジでドライマティーニを口に運びながらアドバイスをくれた。

「今の検察はどうか知らないけど、私の若い頃は偏見が強くてね。女性は弱き者で、恐れをなして犯罪者に向き合えないと思っているやつが多かったね」

「それは心外ですね」

「だろ？　そんなのに限って女だからとなめて意見を押しつけてくる」

「常磐さんはどう対処したんですか？」

「しっかり背筋を伸ばして相手の目を見るのさ」

「はっ？」

「自分が正しいと思ったことを主張するとき、これをやると、ふしぎと効くのよ。相手が先に目を逸らして、おとなしくなるんだ」

「女に言い負かされるのが嫌なんでしょうか」

「うん、その通り。でも、性別がどうというより、意識のなかで自分より下に置く人間にやっつけられるのが嫌なのさ。だから、ただ強がっているだけのやつは、視線を逸らさずにいるとあっちから先に目を伏せる」

「人を下に置く……ですか」

「私は組織に長くいて、そう思ったよ。自分に自信のないヤツは居場所を守るのに不安でしょうがないものだから、常に誰かを下に置きたがるんだ」

「わかる気がします。防衛本能みたいなものでしょうか」

「そう、そう。競争社会で自分の身を守るためなんだ。誰かが下にいると思っていれば、安心するんだろ？　そして手っ取り早く下に置けるのが、男たちから見れば後から自分たちの世界に入ってきた女ってとこなんだと思う。偏見の正体はそれさ」

「組織のなかで認められることって、簡単じゃないんですね」

「そうそう、能力があっても認められない人間が出てくるのはそのためさ。差別されるのは女にかぎらない」

常磐が示唆するのは、久我周平のことだろう。彼女は福岡の小倉支部にいた当時の久我の仕事ぶりをよく知っている。そんな思いを心の隅に置きつつ、倉沢は目の前の次席検事に先輩の教えを試みていた。

じっと目を見つめていたところ、てきめんに効いた。気色《けしき》ばんでいた葉山はふいに視線を下向きに逸らし、話の方角を変えた。表情や口調も急に穏やかになった。

「そういえば、きみが県の会議に出たのはどうしたわけなんだろう？」

「案内状が私あてに届いたんです。葉山さんが私を担当にしたからじゃないんですか？」

「知らないよ、そんなこと……」

　葉山はしきりに首をひねった。

「うん、もしかしたら、前任の佐藤《さとう》くんが気を利かせて県に連絡したんじゃないだろうか。彼は転勤の直前まで否認の殺人事件を抱えていたから、忙しくて僕やきみに伝えるのを忘れたのかもしれない」

「では、私が担当でも問題はないということですね」

　葉山は嫌々ながら承諾した。

「しかたない。すでにこういうことになっちゃったんだから。今さら、ほかの検事には替えられないだろう」

　次席検事は記事の倉沢の名前が出ている辺りをつんつんと指で小突いた。そして、脅《おど》しを添えることも忘れなかった。

「捜査に乗り出す以上、成果を出さなければ組織の体面は丸つぶれだ。きみのやる気が空回りしたときの責任は、きみ自身にとってもらうからな」

　倉沢は胸を張った。

「ご心配におよびません。この事件、私には勝算があります」

　真っ赤な嘘だった。

11

検察官室のドアノブに手をかけたとき、段ボール箱を抱えて廊下を歩いてくる中迫に気づいた。倉沢は「ご苦労さまです」と言って、彼を先に部屋に入れた。

もともと浅黒い顔の肌がつややかな光を伴って、いっそう黒くなっていた。週末にサッカーの試合があったのだろうと思った。

「ご指名のストライカーはどうでしたか？」

「一生懸命、走ってくれましたよ」

「ということは、シュートは決められなかったんですね」

「なに、これからですよ」と目尻を下げた。

ところで、段ボールに何が入っているのだろう？

「ずいぶん、重そうな書類ですね」と上からのぞきこんだ。中身は中迫の返事を待つまでもなかった。県漁政課の資料らしきものが詰まっている。

「新聞を見ました。役に立てばと思って、過去十年分の年次報告を地下の倉庫から引っ張り出してきました」

何も言わなくても、あうんの呼吸で補佐してくれる中迫が頼もしかった。

「ありがとうございます」

「私が目を通しましょうか」

「いえ、自分でやりますよ。なにせ漁業法からして素人なので、勉強するつもりで読み込みます」

さっそく揚々《ようよう》とした心持ちで資料を広げた。年次報告の中心は、月に一度か二度の監視活動の事務的な記録であった。どこの川に何人が赴き、何時間観察したかといったことにとどまっていて、捜査の観点からの報告はなかなか見つからなかった。

だが、段ボールの中身が七割方減った頃、ページをめくる手が止まった。三年前のファイルに密漁者の一人が書類送検された際の記録が綴じ込まれていたのだ。

被疑者　井川広美《いがわひろみ》
住所不詳、本籍・大阪府……

誕生日から計算すると、今は五十六歳になっている。

倉沢は密漁者が踏んだドジにクスッと笑ってしまった。報告書は、漁の最中に男のライトが突然故障したところから始まっていた。

困り顔を浮かべている〝漁師〟に県職員が気づき、川岸から声をかけたという。

「どうしたんですか？」

男は慌てふためき、逃げようとした。しかし、流れに逆らって歩みが進むはずはない。次の瞬間には川底の石につまずいて転び、おぼれそうになった。そこに何人かの漁師が駆け寄り、抱き起こして岸に運んだ。男に水を飲んだようすはなかったものの、腰を痛めて立ち上がれなくなっていた。救急車で病院に運び、そこで身元確認をしたところ、漁協の組合員ではないことが判明した。

密漁は未遂のため不起訴処分とされたが、当時の担当検事によって供述調書はしっかり取られていた。ところが目を通すなり、倉沢は脱力した。密漁目的で川に入ったことを認めるだけの内容にすぎず、背後関係には一行も触れていなかったからだ。

倉沢は「この人と連絡が取れるでしょうか？」と中迫に聞いてみた。

彼は書類仕事のときにだけかける老眼鏡をおでこまで持ち上げ、調書の最後にある署名部分に目を凝《こ》らした。

「おう、この井川という男なら知ってます。無銭飲食の常習犯ですわ。住民票がどこにあるかわからん流れもんやから、住所不詳となっておりますが、繁華街の裏にあるリネン工場の寮にいますよ」

「リネン工場というと、ホテルのシーツなんかを洗濯する会社ですか？」

「そうです。ここから歩きで十分とかかりません。行ってみますか？」

倉沢の顔がパッと明るくなった。

12

大型洗濯機のシューシューと響く水流の音を聞きながら、倉沢は工場内の小さな事務室で待たされた。中迫が社長に話をつけ、井川と話ができることになったのだ。社長によると、井川はふだんはまじめに働いているにもかかわらず、酒を飲んで酔っ払うと、店の代金を踏み倒すくせがあるのだという。

中迫はささやいた。

「昔は大阪で銀行員をしていたそうです」

「なぜそんな人が住民登録もしない生活になったんですか？」

「さあ、地元におられんような事情があって鹿児島に流れてきたんでしょうなあ」

元銀行員は小柄な中年男だった。迷惑そうな顔で入ってくるなり、あいさつもなく作業服姿でちょこんと前に座った。

「何ですか、私に聞きたいこととは」と、関西のイントネーションを響かせた。

倉沢が答えた。

「以前の密漁の件です」

「それはもう、済んだことやないですか」

「その通りですが、あなたを雇った人を知りたいんです」

「ああ、連中のことですかいな」

「名前を覚えてますか」

「いいや、名乗らんのですよ。あの人たちは……」

「どこの組の者かとか、そういう話は聞いてませんか？」

井川は首を横に振った。

「男が二人です。けど、私の目にはヤクザ者には見えませんでした。この頃の組員は会社員と区別がつかんといいますやろ」

「どこで知り合ったんでしょうか」

「居酒屋で飲んでいたとき、アルバイトせんかと誘われましてね。川で魚捕りすれば五千円くれるっていうから、ほいほいついていったわけです」

井川によれば、集合場所から他の数人とワゴン車に乗り込み、川に連れていかれたという。たも網やライトなどの道具は車内に用意されていた。川でおぼれかけたのは五回目の漁のときだったと話した。

倉沢は井川の記憶力に期待を持ったが、男二人の人相や体格については覚えていないと言い張った。証言者になるのが怖いのだろう。

そのとき、中迫の太い眉が吊り上がった。

「おい、よく考えれば、思い出すことがあるやろ」

声量は抑えていたが、怒気を含んでいた。

井川は急におろおろし、考えるそぶりをした。ややあって、「そういえば、もめごとがありましたなあ」と言った。

中迫は倉沢に目配せした。聴取のバトンを返すという合図だ。

「もめごとですか、興味深いですね」

「ワゴン車で帰ろうとしたとき、若い衆が文句を言い出したんですわ。シラスをぎょうさん捕ったのに五千円だけかと。もっと金を出せとごねていました。そしたら男の一人がどこかに電話して、どうするか相談を始めたんです」

「相手は?」

「おっさん、です」

「おっさん?」

「電話の向こうの人をそう呼んでいました。おっさん、おっさんって、何度も。一万も払って、まこちいいんですか……とか言っていました」

「まこち?」

中迫が説明した。

「本当に、という意味です」

井川からはそれ以上の話は出なかった。

ただ一つの収穫らしきものは、密漁団の首領とみられる人物が「おっさん」と呼ばれていたことだけであった。

13

終業時間が過ぎても倉沢は帰らなかった。漁政課の資料にもう一度念入りに目を通そうと思ったからだ。

ふと、ドアをこんこんと叩く音が聞こえた。「どうぞ」と声をかけると、次席検事の葉山の顔がのぞいた。プリントアウトした紙束を手にしている。

「地検に届いたメールを持って来た。きみの決意表明への反響だ」と言って、倉沢の机に紙束を置いた。

「私にこれを読めというのですか？」

「まあ、見ればわかるだろう。捜査機関がめったにしない大口たたきを、きみがやってしまった意味がね」と、そっけない態度で部屋を出て行った。

気分を害すにちがいないと思いつつ、紙束をめくった。だが、悪い予感を裏切るメッセージが一枚目にあった。

〝シラスウナギさんは一生懸命、遠くの海から泳いできます。悪い人たちに利用されないように捜査をがんばってください〟

差し出し人は小学生の男の子。応援の気持ちがうれしくて、肩のこわばりがほぐれていく気がした。

ただ、そうした支援のメールはごく少なく、残りはめくってもめくっても……。

〝捜査方針をぶちあげたら、捕まえる前に密漁者が逃げてしまうじゃないか。バカチンが〟

むっとした。

〝東京もんが出しゃばったまねをするな〟

「ふん、私は埼玉県人だよ」と独りごちて強がってみたりもしたけれど、子供の応援の声がどこかに吹き飛んでいく感覚を止めることはできなかった。

地元テレビ局に「CC」で送られたメールもあった。

〝漁の最中に報道の者が来て、犯人のようにカメラを向けられる。みんな地検のせいじゃと言っている〟

東京とは異なる世間の狭さを痛感した。読み終えると、深くため息をついて心のうちでつぶやいた。

私はしなくてもいい捜査をしているのだろうか。

14

帰り道、スーパーに寄った。野菜売り場に県産品がひしめき、なじみのない市や町の産地表示を見かけるたび、遠くに来たという思いが押し寄せた。

キビナゴの刺し身と枝豆を買って、アパートに戻った。電灯を点《つ》けると、すぐに冷蔵庫からビールを取り出した。そのときふと、ある映画のセリフが頭をよぎった。

〝この世のすばらしさは、マヌケといわれた人々の信念の賜物《たまもの》なのよ〟

米映画『スミス都へ行く』で、議会の腐敗をただそうとして、かえって自分が悪者の立場に追い込まれてしまう青年を秘書の女性が慰《なぐさ》める場面である。

モノクロの古い映画のその場面をもっと思い出したくなって、荷ほどきしていなかった段ボール箱を開き、セリフを書き留めたノートを捜した。このオタクっぽい趣味を始めたのは高校生当時にさかのぼる。気にいったセリフばかり、びっしりと書き込んだノートはすでに三冊目の終わりまで来ている。

もとはといえば、家族を捨てた父が集めていたビデオを見てみたのが始まりだった。今でも父を許していない。鹿児島に引っ越したことも連絡しないままでいる。それなのに映画鑑賞の趣味は十年の歳月を超えて続き、四冊目のノートを実家から遠く離れた場所で買おうとしていることが奇妙で仕方なかった。

ノートの一つに指先が触れようとしたとき、真面目ゆえに損ばかりしている青年のキャラが何とはなしに有村誠司《ありむらせいじ》を連想させた。

東京で一緒に事件の捜査をし、親しくなった交番勤務の巡査だ。鹿児島市の隣町に農家を営む実家があると聞いていた。

無性に顔を見たくなったから、とは意地でも言うまいと思いつつ、ビデオ通話にしてみた。すると、呼び出し音が二度鳴らないうちに画面の色が変わった。自分の心臓の音が聞こえてきた。胸の辺りが熱くなった。だが、彼の姿が現れたとたんに冷えた。

有村は「お久しぶりです」というあいさつとともに、敬礼していたのだ。

検事と巡査という関係をなかなか崩そうとしない。友達にさえなる気がないのかと思った。でも、一生彼女ができないような奥手の部分が親しみを持てるところでもある。そう考え直して、どうにか気分を持ち直した。

彼は制帽をかぶっていなかった。

「あれっ、有村くん、きょうは制服着てないね。非番なの？」

「ええ、休みで寮にいます。ちょうど、そうじが済んだところでした」

「よかった」

「どうしたんですか？」と聞かれて、やや口ごもった。グチを聞いてもらいたいところだが、喉元に押しとどめた。

「有村くん、鹿児島弁を教えてよ」と思いつきで言った。

「それなら任せてください」と彼はほほ笑んだ。

「小さいときは、じいちゃんばあちゃんも一緒に暮らしてましたから、僕は古い鹿児島弁でもけっこうわかるクチですよ」

「そう、じゃあ聞いちゃおうかな」

「何ですか」

「ゴワスとか、名前の下に付けるドンとか、あんまり聞かないんだけど」

有村は軽く笑った。

「西郷さんのテレビドラマに出てきますよね。でも僕は十八年の間そこで育ったけど、一度も誰かが話すのを聞いたことがありません」

「そうなの、有村どん……」

「そう、今のが初めてでごわす」

二人して声を出して笑った。

「仕事はどうですか？」

「何とかやってるけど、うーん、鹿児島弁で何と言えばいいんだろう？　そう、どげんかせんといかん……って感じかな」

「困ったことがあるんですね」

「まあ、そんなとこ」

「ちなみにですが、鹿児島は宮崎とくっついているでしょ？」

「知ってるわ」

「宮崎の南部の言葉は鹿児島弁に近いんですよ」

「へー、そうなの？」

「宮崎弁というのもあるんですけど、どこかに『どげん』と『どんげ』の境があるんです」

「は？　どげんと、どんげ……」

「宮崎の県知事が『どげんかせんといかん』というフレーズを有名にしましたよね」

「うん、覚えてる。ヒガシさんね」

「宮崎出身の同僚が迷惑だと話していました」

「ん？　何が？」

「ヒガシさんは鹿児島に近い都城《みやこのじょう》の出身だから『どげん』を使うけど、『どんげ』派の宮崎の人はすごく違和感を覚えるんだそうです」

倉沢はククッと腹を抱えて笑った。

「どっちだっていい気がするけど、方言って繊細なんだね」

と言ったあと、倉沢の視覚はあり得ないものをとらえた。ビデオ通話の有村の後ろを小さな男の子が通り過ぎていったのだ。何だろう？　錯覚だろうか。

「あれっ、いま後ろを子供が通らなかった？」

「えっ、いや、その……」

それはそれとして、どぎまぎする有村を見ていたとき、頭のなかでふいに何かが弾《はじ》ける感じを覚えた。一秒後、耳の奥に響いてきたのは少し前に有村が口にした「違和感」という言葉であった。

それがリネン工場の井川が証言した「おっさん」の存在を想起させたのだ。

倉沢はかねて巷《ちまた》に広がる「違和感」という物言いが好きではなかった。いかにも何かを指摘しているようで、具体的なことは何も指摘していない。はて、「おっさん」に覚える違和感は何だろう？

「どうしたんですか、急に難しい顔になって……」

「あっ、ごめん」

我に返ると、有村にある頼み事をした。

15

中迫から午後の警察からの送検予定は一つもないと聞いて、庁舎の外に出てきた。街場を数分歩くと、外資系のカフェチェーンの看板が目に留まり、倉沢は飲み慣れたシロップ抜きの抹茶ラテを注文した。

仕事で迷っているときに、メニューで迷いたくなかったからだ。隅の椅子に腰掛け、ラテをちびちびと口に運びながら、ブルース・リーのかの有名なセリフを脳裏に浮かべた。

〝考えるな　感じろ〟

おい、ちがうだろう。忙しく頭を左右に振り、カンフー・スターの映像を頭から追い出した。東京で危ない目にあったときも、ろくに考えもせず感じたままに行動したのがいけなかった。今の自分はどうなのか。思慮深く行いを決めているだろうか。慎重にあれこれ思考を巡らしたすえ、一か八かの作戦に打って出ることを心に決めた。もはや、抜き打ちの摘発しか手段はないのだと。

川に足を踏み入れた者一人ひとりを聴取し、密漁者をあぶり出す方法である。漁師の反発は必至だろうが、漁期は三月いっぱいで終わる。密漁者はそれが過ぎると漁業者に紛《まぎ》れ込む手段を失うため、活動を停止すると福元から聞いていた。現行犯で取り押さえることのできる日数はいくらも残っていなかった。

漁政課の「丸腰警官」にできる仕事ではなく、県警の協力が欠かせない。だが木下警部のつれない態度を思い出すと、悲観が拭えなかった。警察を巻き込む方法を思案したすえ、思い浮かぶ顔は一つしかなかった。

加古木静香の経営する会社は港の近くにあった。彼女は快く面会に応じてくれ、約束の時間に着くと、玄関で出迎えることまでしてくれた。

社長室のソファに落ち着くなり、倉沢は用件を切り出した。

「じつは加古木さんに請願書を書いていただきたくて、こうして参りました」

「請願書ですか？」

「ええ、県警本部長あてに先日の会議でお話しされたことを手短にまとめていただければけっこうです」

加古木はそれですべてを理解してくれたようだった。

「わかりました。協力します。つまり資源の危機と密漁の問題を指摘し、捜査をお願いしますと書けばいいのね」

倉沢は感謝の気持ちを込めてこくりと頷いた。頭のいい女性だと思った。

「私にどんな事情があるかも、すでにおわかりのようですね」

「県をやる気にさせて、腰の重い警察を動かす。そうでしょ？」

倉沢はひざの上で拳を握りしめた。このタイミングが一番の勝負どころだと思ったからだ。

「抜き打ちの摘発を考えています。密漁団の不意をつきたいんです。役所だけで協議しても恐らく話は進まない。加古木さんのような厳しい目が外部にあることを、県警の上層部に認識してもらいたいんです」

彼女は感心したように言った。

「あなた、お若いのになかなかの戦略家ね」

倉沢は首を横に振った。

「いえいえ、ほめていただくなら、捜査がうまくいった後にしてください」

「場所と時間は決めているのかしら？」

「はい、志布志の岸田川《きしだ》です。ほかの河川も検討しましたが、やはり大勢の漁師の集まる場所が最適かと考えています。決行は次の大潮《おおしお》の夜が第一候補です」

福元に相談して決めたことだった。シラスウナギは海面が高くなる大潮と夜がかさなると、大挙して河口にやってくるのだという。

請願書は夕方、地検に届いた。加古木の署名があるのを確認すると、ためらわず受話器を持ち上げ、県警刑事部のホットラインにつないだ。

16

海から吹いてくる夜風に、潮の香りが混ざっている。倉沢が河原に着いたときはまだ、河口付近にたくさんのライトがまたたいていたが、ぽつりぽつりと消える時刻になっていた。

潮が引き始め、稚魚が姿を見せなくなったのだろう。漁師が続々と岸にあがってくる。県警の捜査員二人がピーッと笛を吹き、テントを張った検問所に並ばせていた。

聴取は漁政課の者が担当した。氏名、住所、所属漁協を聞き取り、首から下げたボードの用紙に書き込んでいく。列が長くなるにつれ、文句が飛び交うようになった。

「はよせんか、風邪ひっど」

「おらっ、せっかくとったシラスが死んど」

「密漁なんぞ、誰がしよっとか」

少し離れた場所にいた倉沢の耳にも怒声が聞こえてきた。

列を離れようとする者がいると、捜査員が制止しにいく。そんなようすを心配顔で見つめていたとき、ざくざくと河原を歩んでくる音が聞こえた。振り返ると、組合長の和田のこわばる顔があった。

「倉沢さん、何ね、これは」

「すみません、一言もなかったことをおわびします」

「おいはあんたに、漁師を犯罪者扱いすんなっちゅうたやろ」

密漁者を見つけるにはこれしかないのだと言いかけたが、言葉をのみこみ、黙って一礼した。彼は悲しそうな目をしていた。聴取を受ける漁師たちから見れば、組合長が荒っぽい捜査を許したことになる。顔をつぶしてしまったのだ。

胸が張り裂けそうになった。畑でもらった菜の花をゆがき、マヨネーズでおいしく食べたことを報告できないのが残念でしかたなかった。

和田が怒り顔のまま去っていくと、木下警部がどこからともなく現れた。

「殴るかと思いました」

「和田さんはそんなことしませんよ」

木下は首を横に振った。

「殴るのはあなたのほうですよ」

倉沢は眉をひそめ、「えっ」と言った。

「東京では、令状を出し渋る裁判官につかみかかったそうやないですか」

彼はにやっと笑った。

「誰がそんなことを？」

「うわさになってますよ」

倉沢はぷいと横を向いた。事実が歪《ゆが》んで伝わっている。覚えがあるのは判事の机に両方の手のひらをたたきつけたことである。だが訂正したとしても、大した違いはないだろう。開き直って、文句は言わないことにした。

珍しく大人しくしたのは、彼への感謝の念がまだ胸に残っていたことが大きい。県警に出向いて案を提示したとき、会議の席で「やりましょう」と真っ先に言ってくれたのがほかでもない木下だったからだ。

だからといって、初対面の日の険悪なムードがすっきりと解消したわけではない。県警本部での会議が終わったあと、彼のほうから近づいてきてこう言われた。

「倉沢さん、おれは長いこと捜査官をやってきて、リスクを恐れない人間を心から尊敬しとります。だけども、そういう者に限って、こっちがムッとするほど生意気なのはどういうわけなんでしょうな」

検問の列はだんだん短くなってきた。依然、密漁者らしき者は見つからないままであった。しかし、そのことが理由で焦る気持ちが募ることはなかった。かといって、右手に握りしめた携帯が鳴ることもない。

腕時計をみると、短針が午後十時の手前にあった。倉沢も、木下も、ただじっとして検問のようすを眺めているしかなかった。時の流れが無用に長く感じられた。と、そのとき、検事と警官の携帯がほぼ同時に着信音を響かせた。

耳にあてると、A班の福元の声が響いた。

「捕まえました！　倉沢さんの言う通りでした。ワゴン車が密漁者を迎えにきたところを、県警の人が身柄を押さえたんです。いま一人ひとり身元を聞き取っています」

「えっ、みっちょ～はんをとらったってこと？」

倉沢は自分の発する言葉が理解できなかった。気持ちが昂《たか》ぶるあまり、舌がもつれてしまっていた。別の川に張り込んでいた職員らが摘発に成功したのだ。

深呼吸して返事をやり直した。

「密漁犯を捕らえたってこと？」

「そうです。ついに捕まえたんです」

心底ほっとして、その場に座り込みたくなった。

木下も電話を終えた。

「B班も成功です。こっちは送迎役二人、密漁者が五人。逃げようとしたそうで、緊急逮捕しろと命じました」

「けっこうです」

検察官として、きっぱりと承認の言葉を口にした。それには自分の心を落ち着かせる効果もあった。安堵したのは木下も同じのようで、胸ポケットからタバコを取り出した。火をつけようとしたが、倉沢がひとにらみするとその手を止めた。

「だめですか?」

「だめです。マナー違反ですよ」

17

岸田川をおとりに使う作戦を思いついたのは、有村との会話がきっかけになった。

倉沢がビデオ通話で彼に頼んだのは、「おっさん」と何度も言ってもらうことだった。

「おっさん、おっさん、おっさん……まだ、言うんですか」

「もうちょっと、お願い」

「おっさん、おっさん、おっさん……」

「うん、今度は『おくさん』と言ってみて」

「えーと、それは、隣の奥さんというときの奥さんですか」

「そうそう、奥さんと言ってほしいの。だけど、今のは東京に出てきて、警視庁の警官となった有村誠司の発音でしょ。鹿児島に住んでいたときのことをしっかり思い出して、発声してくれないかしら」

ビデオの画面に、頭を振って故郷のイントネーションを思いだそうとする彼が映っていた。

「わかりました。とうちゃんやら、かあちゃんやらがここにおる気になって話してみます。よし、行くどお」

「うん、その調子」

「隣のおっさんは美人じゃのう」

倉沢は背筋がゾクッとした。

「もう一回！」

「隣のおっさんは美人じゃのう」

元密漁犯、井川広美の証言はある意味正しかったのだ。

送迎役の男は密漁団のボスに「おっさん」と呼びかけ、指示を受けていた。目上であるはずの人物への呼称としての強い違和感は、「おっさん」ではなくて「奥さん」ではないかと考えることによって解消していった。

次の日の朝、さっそく図書館に駆け込んだ。そこで手に取った方言辞典には、「お」にアクセントをつけ高めの音階で発音するとあった。

パソコンおたくの福元の分析が、この見立てを後押しした。

稚魚の漁獲量に海外からの輸入量を加えた数値――それと成魚の出荷高を比較すると、成長途上で死んでしまう養殖魚を少なめに見積もっても第三の仕入れルートがないと釣り合わなくなるのだ。つまり、密漁されたシラスが養鰻業者によって大量に買い取られていると考えるとつじつまが合う。そして最も値の矛盾が大きかったのが加古木の会社であった。

送迎役の二組四人の男たちは、いずれも「加古木フーズ」の従業員と判明した。逐一、社長である加古木静香の指示を受けていたとの供述を得るまで時間はかからなかった。

ただちに県警と漁政課の初めての合同捜査本部が作られ、加古木を逮捕するとともに大がかりな家宅捜索を行った。押収した財務書類、物品が県警本部の一室にうずたかく積まれた。

県の主要な財界人の逮捕を、地元紙やテレビ局は連日報道した。

次席検事の葉山に従業員らが加古木の指示を認めて調書も作成済みであることを報告すると、その日のテレビニュースに自信満々な葉山の顔が映った。捜査の進捗状況を説明する口ぶりは、あたかも自ら指揮をとったといわんばかりだった。

裁判に耐えるべく事件を詳細に解明していくのはこれからだ。すんなり加古木が口を開けばいいが、彼女は否認していた。

中迫が心配げに聞いた。

「検事調べの予定を入れますか」

「いえ、まだけっこうです。捜査本部にはえりすぐりの調べ官を付けるよう言っておいてください」と、倉沢は首を横に振った。

自信がないからではなかった。本当は取調室に入りたくてうずうずしていたが、「検事はまず、警察に全幅の信頼を置くことが大事だ」と教えてくれた指導官の声が耳に響いてきたからだ。

区検分室の細々《こまごま》とした略式事件から解放されたくてたまらなかったのに、先月まで久我と一緒に仕事をした検察官室や浅草の景色が鮮やかさを増して脳裏によみがえってきた。ところが、その明るさはすぐに消し飛んだ。異動の内示を伝えられてから数日後、東京地検のロビーで特捜部長の福地《ふくち》からすれ違いざまに呼び止められたのを思い出したからだ。

「あ、きみは？」

「浅草分室の倉沢です」

「失礼、名前は存じてますよ。鹿児島に行くそうだね。きみは久我くんが鍛えた人材だ。がんばり過ぎるぐらい活躍してくれるだろうね」

どういう意味だろう？　言葉は穏やかだったものの、内部対立の因縁から久我を窓際に追いやった張本人の目は笑っていなかった。

中迫の声に引き戻された。

「県警から加古木が東京の優秀な弁護士を雇ったという情報が来ています。どうも、手ごわそうですな」

「望むところです。私は否認のまま彼女を法廷に立たせるつもりはありません。検事は被疑者を割ってなんぼですから」

割る、は自白に追い込むこと。検察官が使う隠語である。

中迫は目を細め、「おっ、その意気です」と言った。

18

十数人の身柄を留置場に入れたあとの最初の日曜日、倉沢は思い切って休みを取った。検察官が猫の手も借りたくなるほど忙しくなるのは、最長二十日間の検事拘留《こうりゅう》のうち起訴に向けて証拠を仕上げる最後の数日間である。

寝坊気味に起き、ベッドからはい出すと、玄関ポストに届いていた地元紙を取りに行き、紙面を広げながら歯ブラシを口に突っ込んだ。

加古木容疑者、否認続く

社会面にそんな見出しの記事があった。事実その通りだったが、まったく焦りは覚えなかった。取調室で再会するのが楽しみなぐらいだ。興味深い過去のいきさつが、木下警部らの取り調べによって明らかにされていた。加古木が「社長」ではなく「奥さん」と呼ばれていた理由である。

古株の従業員が明かした。

加古木の夫が急逝したあと、社内には女が事業を引き継ぐことに強い反発が出たという。一部の古参役員や管理職はその地位の名で呼ぶことをせず、会議の席や来客の前であっても「奥さん」と言い続けた。彼女はこれにいきり立つどころか、クスクス笑いで応じたという。

「社長より奥さんのほうが、ずっと親近感がこもっていていいわ。あなたたち、私のために必死で働いてね」

持ち前の胆力《たんりょく》で波風をしずめたのだ。この話が広がると、新社長は女だてらにたいそうな人物であるという評価になった。加古木の経営術は女性蔑視からの大逆転に始まっていた。その後、彼女の拡大路線が次々に成功し、文句を言える人は誰もいなくなったという。

だが、ここに来てシラスウナギの不漁と高騰が続き、経営がおかしくなった。自分が懸命に築いてきたものが壊れていくことに耐えられなかったのだろうか。倉沢は否認を崩すなら、その辺りが取り調べの入り口だろうと見当を付けた。

朝刊をさらにめくり、中ほどの地域版を目にしたとき、「地方紙はまこち便利じゃのう」とつぶやいた。市内のスポーツ大会の予定がつぶさに載っている。小さな活字を眺め回しているうち、中迫の率いる「ジャンブルズ」が準決勝に進出していることがわかった。

倉沢はコンビニでシェア用の自転車を借り、青果店に寄った。運動選手に柑橘《かんきつ》類を差し入れるなら、地元産の「紅甘夏《べにあまなつ》」が果汁豊富でいいと薦められ、大ぶりのそれを自転車のかごに盛り上がるほど買った。

競技場は市郊外の丘陵にある運動公園の道路側にあった。坂道をえっさえっさとペダルを踏んで登り切ると、フェンスに囲まれた野芝のグラウンドが視野に飛び込んできた。

きょうは十一人以上のメンバーが集まったようだ。中迫は監督らしくベンチの真んなかにどっかと座っていた。倉沢は自分に気づいてもらおうと、フェンス越しに手を振りかけて、その手を止めた。隣に座っている童顔の西郷さんに気づいたためだ。どうしたわけか、福元が膝にパソコンを載せ、中迫と話をしている。いったい、あいつ、何をしているのだろう?

次の瞬間、中迫が怒り顔でベンチを飛び出してきた。

「タバコやら吸ってるから走れんのじゃ！」

怒鳴る監督の視線の先を追いかけて、愕然《がくぜん》とした。県警の木下警部があごを上げて、苦しそうな顔でボールを追いかけていたからだ。ドリブルをする相手チームの選手にどんどん引き離されていく。

それだけではなかった。酸素を求めてあえぐ警部を救った選手がいた。小柄な男がどこからともなく現れ、果敢にスライディングし、ボールをラインの外に押し出した。

「ナイスファイト！」と中迫は叫び、手を叩いた。

ほめられたのは、リネン工場に勤める井川であった。川の水のなかで無様《ぶざま》にこけ、おぼれかけたのが嘘のように陸上では俊敏に動き回っていた。

倉沢は英語が得意でよかったと思った。ジャンブルは「ごちゃ混ぜにする」という意の動詞だ。だから、ジャンブルズというチーム名を「いろいろな人がいる」と解して納得したのである。

県庁の会議に臨んだ日の朝、中迫が説得口調で電話をしていたのを思い出した。

〝パスを求めるやつにしか、シュートは決められんとぞ〟

さらに、こんなことも言っていた。

〝采配に不満を言うキャプテンに気合を入れたところですわ〟

キャプテンはアメリカの警察では「警部」に使う呼称である。

パスを求めるやつとは、私のことだったのだ。思えば、県警に捜査の計画を持ち込んだとき、迷わず賛意を示してくれたのは木下キャプテンだった。

井川の「おっさん」証言にしても、改めて振り返ってみると、おかしい。中迫は聴取に同席しており、地元の人であれば方言のなぞにその場で気づいてもよかったはずである。

葉山が「きみをウナギの担当にした覚えはない」と言ったのも当然のことに思えてきた。前任者から引き継ぎがあったはずもない。担当検事への任命者は事務官という肩書きに隠れて、別にいたのである。

加古木静香が密漁にかかわっていたことに、中迫らは恐らくとっくの昔に気づいていたにちがいない。県内の主要企業を摘発するとなると、経済、雇用への影響は計り知れない。県警で自発的に着手するとなれば、地域のしがらみがまとわりつく。

やられた、と思った。

中迫は軍師だ。西郷さんに似ているのは顔だけではない。

倉沢は身を小さく縮め、そーっと自転車の向きを変えた。

坂道を下っていると、正面から南国の陽気を含むぬるい風に吹かれた。風の向こうに、今にも火を噴きそうな桜島がそびえていた。

恋する検事はわきまえない

1

のれんをくぐって店に一歩踏み込んだとき、真っ先に目に入ったのは白木の一枚板のカウンターであった。そこに常磐春子《ときわはるこ》がいて、早くも冷酒を口に運んでいた。

「おう、来たか、久我くん、見ての通り、先に始めているよ」と、ご機嫌な表情でおちょこを持ち上げて見せた。

彼女は福岡地検トップの検事正を務めている。全国検事正会議に出席するため上京していた。久我周平は小倉支部の平検事という身分だが、法務省に呼び出され、時を同じくして東京に出張してきたのである。

久我のおちょこが運ばれてくると、常磐は部下に酌をしながら言った。

「よかったじゃないか。きみの事件が研修用の教本になるんだから。きょうは祝いもかねて、この店に連れてきたんだよ」

割烹《かっぽう》「ひな乃《の》」はいかにも値段の張りそうな店で、出張にかこつけてごちそうしてくれるという常磐に久我は恐縮していた。

暴力団組員が風俗店オーナーを殺害した事件で、組長の起訴にこぎつけて半年になる。警察が単純なケンカと見て傷害致死容疑で送検してきたものを、久我は証拠を積み重ねて組長の「暗殺指示」を立証し、殺人罪の適用にたどり着かせたのだった。

先付《さきづ》けにハシをつけないうちに、検事正の発した一言に不意打ちをくらった。

「あなたを特捜部に推薦しといたよ」

久我は冷酒を噴き出しそうになった。

「ちょっと待ってください。私はもう四十歳ですよ。特捜検事の新人をやるには遅すぎませんか」

常磐は動揺をあらわにする部下を落ち着かせるように言った。

「遅すぎるなんてことがあるもんかね。特捜検事は仕事ができればいいんだよ。奥さんだって、もともと東京の人だろ？　喜ぶんじゃないかな。そういえば、あんたの娘さん、いくつになったんだい？」

「高校一年になりました」

「そうか、久我くんが組員を調べていた頃は受験生だったたんだもんね」

「ええ、相変わらず生意気な娘です」

「お嬢さんはせっかく受かった高校を転校しなきゃならなくて、ちょっとかわいそうかもしれないけど、私は久我くんこそ特捜部にふさわしい人材だと思っている」

司法試験を四浪した久我は最初から落伍者のように扱われ、中小の支部ばかりを渡り歩いてきた。エリートが集まる東京の特捜部など夢のまた夢だったのだが、常磐は本気で久我をそこに押し込むつもりらしい。

「おい、しゃきっとおし」と久我の背中をたたいた。「とにかくしんどい思いをする場所だけど、きみの力があればやっていけるさ」

久我は「しんどい」に引っかかった。彼女は特捜部初の女性検事として、法務検察内のちょっとした有名人である。

「常磐さんほどの力量があっても、あそこにいた頃は苦労されたんですか」と聞いてみた。

地方を転々としてきた久我から見れば、エリート街道を軽《かろ》やかに走ってきた人にしか思えない上司は、苦々しい表情を浮かべて頷いた。

「ああ、いろいろあったよ。悔しかったし、バカにされたし……最初にふられた事件なんて、ひどかった。ヤクザ者が私の調べ室に殴り込んできたりしてね」

かれこれ三十年近く前の昔話が始まった。

2

男はおどおどしていた。常磐春子は腕を組み、首を傾《かし》げて向かいに座る被疑者の顔をのぞき込んだ。

「民谷《たみたに》さん、あなたは本当に平社員なのですか？」

「はい、間違いありません」

春子は何度も繰り返される型通りのその一言にカッときた。まるでロボットと話しているようだ。

「あなたねえ、さっきから『間違いありません』ばっかしじゃないの！」と、ついに怒鳴り声をあげてしまった。民谷はびくっとしてのけぞり、額に汗をにじませた。

東京地検特捜部初の女性検事となった春子は、財政経済班を仕切る副部長の山田《やまだ》からクギを刺されていた。

「常磐くん、きみは調べがうまいそうじゃないか。だけど、ここの相手は殺人や強盗の犯人じゃないんだからね。経済事件の取り調べに、女のキンキン声が通じると思ったら大間違いだよ。紳士的にやりたまえ」

おい、てめえケンカ売ってんのかよ、キンキン声？　紳士的？　女に言うことか。

春子は山田に食ってかかりそうになったものの、ぐっとこらえた。男尊女卑の管理職が異性の部下に期待してやまない愛想笑いを封印するのみで抗議の意を示し、公正取引委員会から送達された談合事件の告発書類を受け取った。

副部長はこうも言った。

「きみの仕事は公取委の調書をなぞって、検事面接調書に書き替えることだけだからな。公取委の調査の段階で容疑を認めているから、首を横に振る者は一人としていないはずだ。つまり、きみの初仕事は裁判に向けた書証の整理といったところだ」

どんなぼんくら検事にもできると言わんばかりだった。

そもそも「特捜部初の女性検事」という金看板にしても、その輝きはメッキに近かった。男女雇用機会均等法が施行されたことに、この人事は始まっていた。戦後まもなくの創立以来、だれ一人として女性検事を配属させていない特捜部に法務省が危惧を示し、地方庁で評判の高かった春子を送り込んできたのである。

「やや扱いにくい人材だが」という証拠の残らない口頭のコメント付きで。

春子が民谷につい声を荒らげてしまったのは、自身を取り巻く環境へのいらだちだけが理由ではない。告発資料の認定事実に納得がいかなかったからだ。

告発されたのは下水道設備会社の五社とその社員である。いずれも上場企業だ。もちろん民谷の企業「東亜テック産業」も含まれる。春子は黙ってうつむく彼をちらりと見やると、署名させたばかりの身上調書をめくった。

彼は民谷康一《こういち》といった。三十歳。東京都立江戸川工業高校卒。現場の工事監督から、営業職になってまだ二年もたっていない。

「ふしぎよね、民谷さん……あなたはヒラの社員でしょ？　どうして三億円もの工事の受注の最終局面で、談合の場にいるのが民谷さんじゃなきゃならないのかしら？

もっと先に偉い人同士で取り決めをしたんじゃないですか」

民谷は答える代わりに、唾《つば》をゴクンとのみ込んだ。

春子は尋問を続けた。

「公取の認定事実によれば、あなたは東亜テック産業を代表する『幹事』ということになっている」

「そっ、そこは間違いありません」

民谷はたどたどしくも、またもロボット風の答えを繰り返した。

公取委は談合が決着した日を特定していた。今から一年とひと月前に当たる「平成元年三月十五日」である。立ち入り検査で経理室から都内の居酒屋の領収証が押収され、その日の夕刻に業者同士の会合が開かれていたことが裏付けられたのだ。

どの社がどの工事を希望し、どの社がどの工事を譲ったかを記すいわゆる「星取表」も参加者の手で交換されていた。民谷ら五人の名もそこに「幹事」として付記されており、彼らが受注調整に関与したことを示す有無を言わせぬ証拠と評価されていたが、他社の社員もよくて係長級だった。おしなべて社内での地位が低いことが春子には解せなかった。

表に出せない支出の場合、会社の裏金を使うのが常道なのに堂々と経費請求しているのもおかしい。さらに疑ってみれば、ベテランの特捜検事である副部長が気づかないことがどうしようもなく納得できない。もしかすると、告発された五社の顧問弁護団と手打ちができているのか。特捜検事は企業弁護士からネタをもらうことがある。自分は何も知らされぬまま、密かな法曹の貸し借りの世界へと放り出されたのではないかと。

電話がトゥルルッと電子音を響かせた。警備室からだった。

「常磐検事ですか?」

「ええ、そうですけど」

「ヤクザ者が常磐検事を出せと言って怒鳴り込んできたんです。制止したんですが、振り切られました」

「えっ、こっちに来るってこと?」

「気を付けてください」

「ちょっと、気を付けろなんて無責任な……」

文句を言い終わらないうちに、部屋のドアがノックの音もなく開いた。

チェック柄のジャンパーに、ジャージをはいた男が行儀《ぎょうぎ》悪く片手をポケットに突っ込んだまま入ってきた。短髪、広い額の下で吊り気味の眼がぎろりと光った。

「あんたか、検事は?」

「ええ、そうよ」

侵入者の迫力に気圧《けお》されそうになりながらも、すっくと立ち上がった。

「どういったご用件でしょう？」

男は拍子抜けしたように肩の力を抜いた。

「なんだ、女だったのか」

春子は露骨な性蔑視にムッとした。だがその小さな怒りは、ヤクザ風の男への恐怖心をかき消す効果もあった。

「私が女だからって、それが何なのさ。ところで、あなた、何者《あ》？」

「おっ、おれか？」と男は自分の顔に指をさして聞き、一拍空けて言った。

「魚屋だ」

「魚屋？　魚屋が何で怒鳴り込んでくるのよ」と、不法侵入をとがめようとしたところで、民谷がおろおろしながら口を開いた。

「けんちゃん？」

春子は二人を代わる代わる見やった。

「あなたたち、知り合いなの？」

「康ちゃんとは幼なじみだ」

「康ちゃんって、民谷さんのこと？」

「ああ、検事に取り調べを受けてるっていうから、すっ飛んできたんだ。あんた、間違ってるよ」

何だ、この男は？　あっけにとられていると、ドアが開き、衛視《えいし》が数人どたどたと警棒を手に飛び込んできた。

「何しやがんでえ、この野郎！」

けんちゃんとやらはたちまち床に押し倒され、後ろ手に手錠をかけられた。乱暴に体を起こされたとき、怒りにぎらつく眼を春子に向けた。

衛視の一人が「おケガはありませんか？」と聞いたが、春子は返事をしなかった。男の一言がなぜか耳に残って意識が飛んでいたからだ。

あんた、間違ってるよ。

3

若い板前が茶わん蒸しを運んできた。だが器がカウンターに着く瞬間、コトッと小さな音を立てて木の上蓋《うわぶた》が落ち、水滴が散った。

「お客さま、たいへん失礼しました。すぐにお取り換えします」

高級割烹ではささいなミスも許されないのか、板前は腰を折って謝り、器を回収しようとしたが、久我はもったいないことをしないでくれと言ってやめてもらった。

そこに常磐が口を挟んだ。

「ぼうず、まだまだね」

板前は「すみません」とか細い声を出し、散った水滴を布巾で拭い取った。

彼女はこの店の常連であるらしい。お知り合いですかと久我が聞くと、うんうんと頷いた。

「きょうの料理はこの人に頼んだんだ。料理長が体を壊して入院中で、本当は休みだったんだけど、特別に店を開けてもらったのさ。ぼうずがどれぐらい腕をあげたか、知る機会になると思ってね」

古参客然とした厳しめの口調とは裏腹に、常磐は目を細めて厨房《ちゅうぼう》に引き揚げていく若者の背を見送った。視線を前に戻すと、すぐに若き日に話を戻した。

「特捜で私が最初に任された事件は、変なやつが飛び込んできただけじゃなかったんだよ。敵は身内にいたんだ」

4

特捜部は当時、政界事件を手がける花形の「特殊直告《ちょっこく》班」と、国税や公取委などからの告発事件を受ける「財政経済班」の二班に分かれていた。

春子は財政班に配属され、初日から事務官にこんな話を聞かされた。

「山田副部長は自分の率いる班が本来は担当する脱税事件を、政治家だからという理由で直告班に取られてカリカリしているんですよ。それに世間の事件の注目度も高いですからね」

大臣が株をやったのではなくて、株屋が大臣をやっていたとマスコミが書いているのは春子も知っていた。事務官が話したいことはそれだけではなかった。

「山田さんは井本《いもと》部長のご機嫌をとって、何とか華のある直告班の副部長に横滑りしたい。で、この談合事件を利用したいんだと思います」

「どういうこと？」

「五人起訴すれば、井本さんは部長在任中に三十二人を法廷に上げたことになる。前任の梶川《かじかわ》さんを二人上回るわけです」

「そんな、人を何だと思ってるの？　ばかばかしい」

「井本さんは同期の梶川さんに比べて、出世が少し遅れている。何だっていいから、逆転したいんです」

本気にしたわけではなかった。ところが民谷の聴取から一週間も過ぎたころ、ばかばかしい現実が目の前に迫ってきた。山田が血相を変えて怒鳴り込んできたのだ。

「談合事件の取り調べはどうなってるんだ？　常磐くん、聞くところによると、きみは供述調書を一枚も巻いてないそうじゃないか」

　調書をとることを「巻く」という。警察でも通じる隠語だ。裁判所に提出するとき、書類を丸めて巻物にするわけではないのだが。

「井本部長が来月までだということは、きみも知っているだろう。逮捕して起訴するまで何日かかるか、計算してないのか？」

　春子は質問に質問で応じた。しぶとく犯行を否認する被疑者が、尋問をはぐらかすのによく使う手だ。

「井本さんは次、どこに赴任するのですか？」

「滋賀の検事正にご栄転だ」と山田は答えてから、はぐらかされたことに気づいたようだった。不快な視線を投げてくる。

「まさか、公取委の認定をおじゃんにして、きみの独断で突き上げ捜査をやろうってわけじゃないだろうな」

　腹をくくって言い返した。

「ご明察です。どう考えても、受注配分を決定したのは送致された五人の社員ではありません」

　山田はこれ見よがしにあきれ顔を浮かべた。

「きみはそんなに手柄がほしいのか。公取委の調査官が汗を流して認定した事実なんだぞ。星取表の日付だって、彼ら自身が受注調整をしたことを物語っているじゃないか」

汗を流した？　そうなのかもしれないが、ものは言いようだと思った。

「おかしいんです。私には五社の地位の高い人間が下々の従業員に罪を押しつけているように思えます」

「証拠は出てるのか」

「いえ、何も」

「ふざけないでくれ。来週のうちなら、高検、最高検の決裁に間に合う。必要な書証をそれまでに耳をそろえて出さなければ、きみはクビだ。女の検事にだって、代わりはいくらでもいるんだからな」

副部長は吐き捨てるように言い、乱暴にドアを閉めて部屋を出て行った。

5

久我は改まった口ぶりで言った。

「蝶よ花よで迎えられた女性の特捜検事第一号ではなかったんですね」

「おっと、久我くん、蝶よ花よなんて男の口から出ること自体、どうなんだろう？」

常磐はじろっとにらんできた。

「あっ、すいません」

「まあ、いいよ。でも、私が受けた屈辱はそれだけじゃない。お役所仕事を押しつけられたことさ。公取委が送ってきた事件など、どうでもいいって態度の人もいた」

「というと？」

「元首相を逮捕したロッキード事件のヒロイズムが色濃く残る時代でね。政治家、高級官僚、大物財界人……そこに行き着くことが特捜検察の使命だという思想だよ。私にはちょっと偏向しすぎに思えたね」

黙って共感を寄せていると、常磐の思い出話は不意に横道にそれた。がらっと表情を和らげて言った。

「私の人生にとっちゃ、そのころが運命の分かれ道だったんだよ。特捜部の新参者としておろおろしていたとき、びっくりすることがあった。プロポーズされたんだ」

久我は目を丸くして言った。

「常磐さん、既婚者だったんですか？」

「何だよ、その言い方？　私が結婚してたらおかしいのか」

「いや、その……てっきり独身でばりばり働いてきた女性かと思い込んでました」

「失礼だな、セクハラ罪で逮捕してやろうか」と、常磐は言葉のトゲトゲしさに反して穏やかに目尻を下げた。

6

青山の渉外《しょうがい》法律事務所で弁護士をしている藤川聖也《ふじかわせいや》に食事に誘われたのは、四月に入って二回目のことだった。

日比谷公園の銀座側の門で待ち合わせをしていると、クラクションの音が聞こえた。そちらに視線を移すと、ブルーメタリックの外車が歩道に停まり、左ハンドルの運転席の窓から藤川が顔を出して手を振った。

やや戸惑いながら助手席に乗り込むと、彼は真っ先に聞きたいことを言った。

「同僚のアメリカ人弁護士が貸してくれたんだ。デートなら僕のカマロを使えって」

藤川はちょっぴり照れくさそうな顔をした。

「先輩、まるでアッシーくんみたいですね」

「なに？　アッシーくんって」

「最近の大学生の男の子は彼女を車で迎えに来るんですって。キャンパスの門のところに、スポーツカーが列になっているとか」

「へー、そうなの。僕も今、似たようなことをしているけど、社会人だからね。学生が彼女のために車を乗り回すなんて、どんな世の中なんだろう」

排気音をブンブンと轟《とどろ》かせるアメ車に乗ってきたとはいえ、バブルに染まっていない藤川に安心感を持った。これから向かう原宿のイタリア料理店のことも、未曽有の好景気に浮かれた人たちのように「イタめし」とは呼ばなかった。

彼は大学の二期上の先輩で、ゼミの教授の退官祝いのパーティーで知り合った。司法試験はトップクラスの成績だったのに、裁判所や検察の熱心な勧誘を断って弁護士の道に入った「冒険家」である。会うたび、仕事の話を聞くのが楽しかった。

藤川が弁護士になってまもなく先進国の間でプラザ合意が成立し、円高が急速に進んだ。輸出に依存した企業はことごとく経営を悪化させ、顧問料に頼る事務所の収益にも響いた。ところが苦境はすぐに通り過ぎた。

政府が舵《かじ》を切った超のつく金融緩和政策で、証券、不動産市場が活気付き、景気はたちまち回復した。事務所へは契約案件の依頼が押し寄せ、藤川は日中だけでは時間が足らず職場に泊まり込むこともあるという。

春子は黒こしょうの粒の載る軟らかいヒレステーキにナイフを入れながら、前回のデートの際に聞かされた製薬会社の紛争はどうなったのかと尋ねてみた。

「スイスの会社を訴えることになったよ。アメリカで」

「アメリカですか？　でも、特許を巡って争いになっているのは日本市場ですよね。

製品は輸出されていないということでしたけど」

「これから輸出するつもり、という条件でも訴訟を起こせる州が見つかったんだ。カマロを貸してくれた弁護士は、カリフォルニアから来てもらっている。第三国の裁判所から突然、訴状が届くわけだから、スイスの会社は目玉が飛び出るだろうな」

「でも、どうして国内の裁判所じゃないんですか」

「日本の知財裁判はどうしようもなく時間がかかるんだ。十年争っているうちに、開発利益なんて過去のものになってしまう」

「なるほど。裁判官はみんな文系ですもんね。彼らが勉強を終えるまで、待ってられないということですね」

春子は相槌を打ちつつ、ふと心配になって聞いた。

「だけど……藤川さん、英語はお得意でしたっけ？」

彼はにこっと笑って言った。

「ユー、掘った芋いじったな」

ん？　春子は数秒の間、あごに人さし指をあてて考え、「あっ、わかった」と笑顔になって声を弾ませた。

「今何時？　って聞いたんですね。What time is it now?」

朗々と謎解きをしながら、春子は口に運んでいた赤ワインを噴き出しそうになった。

藤川は恥ずかしそうに言った。

「週に一回、マンツーマンで講習を受けてるんだ。講師の女性によると、僕の発音は基礎から崩壊しているらしい。でも、仕事のためにがんばって身につけるしかないんだ。アメリカの弁護士資格を取って、向こうの法廷にも立ちたいからね」

食事のあと、調布《ちょうふ》の独身寮まで送ってもらった。びっくりしたのはカマロが首都高を飛ばし、新宿あたりで丹下健三《たんげけんぞう》が設計したという東京都の新庁舎が視界に現れた頃合いであった。

彼は急に、というか、初めて下の名前で呼んだ。

「春子さん、結婚を前提に僕と付き合ってもらえませんか」

不意をつくその申し出に、まったくもって準備のできていなかった心臓がばくばくと音を立てた。

春子は返す言葉が見つからなかった。両手で胸のあたりを押さえ、彼の横顔を見るのが精一杯だった。

7

久我は声に驚きをにじませて聞いた。

「えっ、あの、藤川・レストン法律事務所の藤川聖也さんですか」

「そうよ、ワシントンにも事務所を広げる藤川聖也だよ。今じゃ法曹界の大物だけど、私のアッシーくんをやってた頃はただのイソ弁だったんだからね」

常磐の身なりの良さといい、高級割烹のありがたい常連さんになっていることといい、久我は彼女が一介の公務員らしくないわけに思い至った。配偶者に日本円のみならず、ドルやポンドで生計の枠に収まりきらないほどの稼ぎがあるのだ。

酒が回ってきた勢いもあって、久我は聞きにくいことを尋ねてみた。

「常磐さんは近く退官されると聞きました」

「あら、もう漏れてるのかい？」

「ええ、どこかの著名な法律事務所に行かれることになると」

彼女はうんざりした顔つきになった。

「本省のやつら、ほんとうに口が軽い。まだ半年あるから、秘密にしてたんだよ。部下に私の言うことを聞かないやつが出てきちゃ、困るからね」

久我は盃を置き、改まった口調で言った。

「常磐さんは女性初の高検検事長とも言われてましたから、私としては残念です」

「まあ、そこに未練がないといえば、嘘になるか。でも、私が行かないと事務所がもたないというもんでね。思い切って、辞めることにしたのさ」

ふと悲しげな表情を彼女は浮かべた。藤川が大病を患《わずら》い、仕事を控えているというわさが久我の頭をよぎった。

8

仕事はまったく前に進んでいかなかった。山田から厳しく叱責を受けて以降、被疑者の面々は示し合わせたかのごとく口をつぐむようになったからだ。世間話にさえ応じない。公取委が作成した調書を、そのまま検事面接調書に写し替えろといわんばかりの姿勢に転じていた。

春子はますます副部長と五社の顧問弁護団との共謀を疑わざるを得なかった。上層部の関与に蓋をしようとする圧力のようなものを、身を堅くして黙《だんま》りを決め込む彼らの向こうにひしひしと感じた。

ただ、民谷だけは少し他の社員にないような隙がうかがえた。現場の工事監督から営業――つまり各社との話し合いに参加する立場になって日が浅いためか、対人交渉に慣れていないように思えた。

談合の世界をまだ若葉マークで運転し始めたばかりと言ったところだろう。検事の取り調べを受けることなど想像さえしていなかったにちがいなく、揺れる心を隠せずにいた。

「お子さんが生まれたばかりだそうね、民谷さん」

彼は膝に載せた拳にぐっと力を込めた。

「私……逮捕されるのでしょうか」

「ええ、残念ながら」と春子は深く頷いてから、他の被疑者にもしたように米国からの外交圧力に話をふってみた。

「公取委が突然調査に入ってくるなんて、あなた方からすれば環境の激変よね」

民谷はふいに顔を上げて言った。

「会社でもそんな話を聞きました。だけど私には、急にアメリカが、と言われてもよくわからないんです」

いいぞ、乗ってきた。春子はすかさず「じゃあ、私が解説してあげる」と応じ、公取委の告発が日米貿易摩擦の延長線上にあることをかいつまんで話すことにした。

自動車をはじめとする日本企業の攻勢にあい、おびただしく膨らんだ貿易赤字を看過できないとして米通商当局が市場の開放を求めてきたのだ。プラザ合意で円高に誘導しただけではなく、海外からの輸出や事業参入の障壁として彼らが指摘した問題の一つは、水面下での業者間の受注調整が長年まかり通ってきた日本経済の体質であった。

春子は急に表情を柔らげ、世間話でもするかのように語りかけた。

「レーガンさんが、かんかんに怒ったんだって」

「レーガンさんって、前の大統領の……」

「ええ、政権は変わったけど、厳しい対日政策は引き継がれている。それで眠っていた公取委が急に仕事をしなきゃいけなくなったの。この捜査でアメリカに対策をやってることを見せれば、車はもちろん、テレビや冷蔵庫、洗濯機、そうね、ウォークマンも風当たりが和らぐのかもしれない」

民谷の表情が曇った。

「輸出産業の犠牲になるということですか」

「この事件を摘発したことの意義は、実質そういうことになると思う。だって、米国は下水道設備を輸出したいわけじゃないから。あなた方の業界が摘発されても、国の貿易は傷まない。しかしながら、日本の競争政策はたるんでいないという証明にはなる。外交交渉の道具ってとこじゃないかしら」

彼は黙って聞いていた。春子はすっくと立ち上がると、法廷の立会検事よろしく身ぶり手ぶりを交えて弁論を続けた。

「あんまりじゃないかしら。大げさにいえば、見せしめということです。国家レベルの経済の不都合の尻ぬぐいを、たった五人の会社員ですることになる」

「まさか、そんな……」

ここで、グイッと押してみることにした。

「逮捕されれば、新聞にだってテレビにだって名前が出るのよ。近所や同級生、親戚だってあなたを知る人は驚くでしょうね。民谷さん、どうなの？ 責任を取るべき人たちはほかにいるんじゃないですか？」

民谷は何かを打ち明けたい気持ちを振り払うように、首を激しく横に振った。そのまま黙り込み、あとは押しても引いても何も反応しなくなった。独占禁止法違反が有罪になったとしても、恐らく量刑は執行猶予のついた禁錮刑にとどまる。黙っていればクビになることはないと、会社から条件を示されているのだろう。

山田副部長からきつく言い渡された期限はあと三日に迫っていた。にもかかわらず、供述調書は依然一枚もとっていない。真実を描けない調書を巻けば、それこそ負けだと春子は自分にきつく言い聞かせた。

9

久我は手酌で冷酒をつぎ足しながら言った。

「大ピンチですね」

「ああ、完全に孤立した」と、常磐は苦々しげな表情を浮かべた。

「財政班のほかの先輩方にも相談に行ったけど、相手にされなかった。『女は融通がきかない』なんて陰口をたたかれていたらしい。福地が教えてくれたんだよ」

「福地さんって、次の特捜部長が確実と言われているあの福地さんですか？」

「言われているじゃなくて、もう来月に就任することが決まった。仕事のできる男だけど、私とは合わなかった」

久我は常磐の含むところがわかる気がした。福地が陰口をわざわざ伝えたとしたら、よほどの親友か、その反対かである。彼女の次の言葉が明々白々と二人の関係を裏付けた。

「あいつとは特捜部に異動した日が同じなんだ。私より何年も年次の若いエリートなのに、まずは一緒に特捜に上がった女検事をライバル視したんだろう。まあ、あんまり言うと悪口になっちゃうから、これぐらいでやめとく。近々、久我くんの上司になるかもしれないし」

と言って、常磐は静かに笑った。

「結局、調書はどうされたんですか？」

「とらなかった。一枚も。五社の上層部を摘発して手柄を立てたいという気持ちがなかったわけではないけど、やっぱり、真実から目をそむけるのが一番嫌だった」

「融通がきかないってやつを、やり通したんですね」

「ああ、そうさ、だけど策があるわけではなかった。途方に暮れたよ」

「で、それからどうしたんですか？」

「長谷川健介《はせがわけんすけ》に会いに行ったんだ」

「えっと、誰ですか、その男は……あっ、調べ室に殴り込んだ野郎ですね」

彼女は頷いた。

「公務執行妨害で丸の内警察に一晩泊められたって報告が私のところにも届いていた。民谷さんと幼なじみとはいっても、何で取り調べを邪魔しにきたのかわからないし、『あんた、間違ってる』と言われたのが気になってさ」

「何者だったんですか」

「築地《つきじ》の仲卸《なかおろし》問屋に勤めていた」

「築地っていうと、老朽《ろうきゅう》化が激しいとかで、大騒ぎのすえに豊洲《とよす》に移ることになった公設市場ですか」

「ああ、私が初めて足を踏み込んだのはもう三十年近く前のことだけど、その頃から建物はひどいものだったよ。特におトイレがね」

常磐の眉《まゆ》がピクッと動いた。

「久我くん、食事中だけど、ここからちょっと臭《くさ》い話になる。いいかい？」

トイレがどうしたのだろうか？

久我は小首を傾げたあと、「どうぞ」と返事をした。

10

春子はその日、公設市場に誰もが自由に出入りできることを初めて知った。

向かいの大きな病院の職員だろう。白衣の上にカーディガンを羽織《はお》った女性たちが、昼食は何にしようかと話しながら場内の食堂街に歩いて行くところに出くわした。背広姿のサラリーマンも、普通の公道のように建物と建物の間を歩いている。

探したのは「魚多田《うおただ》」という店だ。地図もないので、前掛けをした同業者らしき男に聞くと、南棟だと教えてくれた。

そこに行くと、男たちの風貌が明らかに変わった。ねじり鉢巻きをした者、口笛を吹きながら運搬に使うターレーを乗り回す者、水道からホースを伸ばして頭から水を浴びている者……マグロをさばいたあとの汗を洗い流しているのかもしれない。

「おつかれ！」というだみ声も、どこからか響いてきた。腕時計を見やると、短針が午後一時を回ったところにあった。

市場の朝は早い。始業が未明とすれば、すでに八時間以上働いていてもおかしくない。長い通路を挟んで問屋が延々と軒を並べる建物に入ると、片付けを始めている店が多く、春子はようやく終業時間の訪問であることに思い至った。

魚多田の看板はまもなく見つかった。畳一枚分はあろうかという大きさのまな板の横で、タオルを頭に巻いた五十がらみの男がタバコを吹かしていた。春子は通路側から首を伸ばして男に話しかけた。

「こちらに長谷川健介さんはいらっしゃいますか?」

「いるよ」

男は煙を吐き出しながら、ぼそっと言い、「ほら、あそこ」と通路の奥を指さした。

そこに長身の男がいた。調べ室に来たときと同じ紺のジャージをはき、足元に長靴がのぞいていた。Tシャツ一枚の上半身から筋肉質の腕が伸びている。トイレから出てきたところらしく、何やら清掃係の女性ともめていた。近づくと、言い争う声が聞こえてきた。

「けんすけ! あれほど、こぼすなって言ったろ!」

「だから、おれじゃねえって」

「だったら、あれは何さ? 私がきれいに拭き掃除したばかりだってえのに、お前が出てきたからのぞいてみると、案の定じゃないか」

女性は怒り顔で、モップを長谷川の顔に押しつけようとする。

「何すんだ、ばばあ！　きたねえじゃねえか。おれたちが生鮮食料品を扱ってるって、知らねえのかぁ」

「生意気いうんじゃないよ。だから、私ら清掃員はバイ菌が広がらないように一生懸命そうじしてるんだい。なのに、けんすけ、何てざまだい。ただで済むと思ってるのか」

　春子には話が見えず、いたたまれなくなって二人の間に割って入った。

「この人が何をしたんですか？」

「そこのトイレの中を見てごらんよ、この方向音痴が」

「なに、方向音痴だと」

　恐る恐る男子トイレをのぞくと、いくつか並んだ小便器の下に湖ができていた。

「うわっ、汚い」

　それも驚きだったが、春子が次に目を見張ったのは恐ろしく小さな便器が並ぶ光景であった。しかも高さが膝の少し上ぐらいまでしかない。

「どっ、どうして、こんなに便器が小さいんですか？　幼稚園のトイレみたいじゃない」

　女性が言った。

「この建物は市場が空襲で焼けたあと、真っ先に建ったんだとさ。それから一度も改装していないせいで、設備がぜんぶ当時の小さな日本人サイズのままなんだ。そこの手を洗う場所だって、あんたの腰より低いだろう」

「ほんとだ」

春子は男子トイレであることも忘れて身を乗り出した。

「おい、ちょっと、あんた誰なんだ?」

後ろから声がした。振り向くと、両手をポケットに突っ込みながら、ふてくされた顔で長谷川が立っていた。

百八十センチはある。足も長い。的が小さくなるのは当然だ。春子はついうっかり彼の股間の高さを測ろうとする自分に気づき、慌てて目を逸らした。

「常磐春子です。地検から来ました」

「あっ、あー、あのときの女検事か」

男は驚いたように目玉をひんむいた。

女性がにやにやして彼の前に歩み出た。

「ほら、ただじゃ済まないって言ったろ? 検事さんに、とっちめてもらいな」

長谷川は煩《わずら》わしそうにそっぽを向いたものの、「わかった、おれが後で掃除しとく」と観念したように言い、女性を追い払った。彼女が声の届かない場所まで歩くのを確かめると、「うっせえばばあだ」と独りごちた。

「そんで、検事さん、おれに何の用だ？」

「警察署に一晩泊められたんですってね」

「ああ、そのことか。公安とやらのお巡りさんから、チュウカクじゃないかとか、カクマルじゃないかとか、さんざん聞かれたよ。大学が過激派の拠点になっているんだって？」

「そのようだけど、大学生には見えないわね」

「だろ？　おれは中卒だ。十五歳からここで働いている。親方が迎えに来て魚河岸《うおがし》で働いていると言ったら、あっさり釈放してくれたよ。あそこで、タバコ吸ってるおやじさ」

　彼は魚多田のスペースの方向へあごをしゃくって言った。

「何だ、あんた、取り調べの続きをやりに来たのか？」

「いいえ、民谷康一さんの件です。あなたが部屋に飛び込んできたとき、気になることを言ったから。『あんた、間違ってるよ』って……どういうこと？」

「間違ってるから、間違ってるって言ったんだ」

「だから、その訳を聞きに来たんです」

「ああ、面倒くせえ」

「言いなさいよ」

「おれは頭が悪いから、あんたみたいな社会のエリートとは話したくねえんだ」

「だったら、何で私の取調室に殴り込んできたのよ」

「康ちゃんを助けるためだ」

「連れて帰ろうとしたの？」

「ああ」と、彼は深く頷いた。

「あきれた。聴取を妨害しようとしたのね」

「そうだ。康ちゃんのような人間を悪人扱いするのは間違ってるからだ」

「どういうこと？　公正取引委員会が不正を認定し、彼の会社も違反があったことを認めているのよ」

「そんなことじゃねえんだ！」

長谷川は声を荒らげた。春子がびくっとしてのけぞると、悪いと思ったのか、「すまん、つい大声だしちまった」と謝った。

このあと、彼は押し黙り、すこしの間考えるそぶりをした。

「うん、わかった。説明してやるよ、おれがあんたらの何を間違ってると思うか」と言うなり、パッと身を翻《ひるがえ》し、数メートル先に停めてあるターレーに向かってつかつかと歩き出した。飛び乗って円形のハンドルに手をかける。

「乗れよ」

「えっ、それって一人乗りじゃないの？」

「そうだけど、あんたは体重が軽そうだ。連れて行きたいところがある。さあ、乗ってくれ」

「わかった。案内してもらう」

春子はえいやと運転台に上った。すると、長谷川が後ろから抱くような形でハンドルに手をかけた。

「ちょっと何するの？　触らないでよ」

「触ってねえだろう。すき間が空いてるだろうが……あんたはハンドルに軽くつかまって、まっすぐ立っててりゃいい」

キーが回されると、駆動部がぶるっと振動してターレーは動き出した。

11

後ろの荷台に何も積んでいないせいか、二人を乗せたターレーは軽やかに場内を滑《すべ》るように走って行く。

建物の間を東に抜けると、野球場ほどの面積がある広い駐車場に出た。荷を載せたトラックはすでに立ち去り、そこにはぽかんと大きな空が広がっていた。

何羽かのカモメがすいすいと宙を旋回している。かと思えば、地面にも数十羽の群れがいた。積み込みの際にトラックからこぼれ落ちることがあるのか、散らばった小魚らしきものを競うようについばんでいる。銀座の繁華街から目と鼻の先にこんな場所があったのか……。驚きを新たにしていると、長谷川が話しかけてきた。

「あんた、ウミネコって知ってるか？　ニャアニャアって猫みたいな声で鳴くヤツだ」

「それってカモメの別名なんでしょう？」

「いや、カモメはみんな同じじゃないんだ。カモメの一つの種類なんだってよ」

「そうなの、知らなかった」

「ほら、いま空を飛んでいるやつらがウミネコだ。生態っていうんだっけ？　地面にいる連中とはぜんぜん違うんだぜ」

「どこが？」

「カモメのほとんどは渡り鳥で、アラスカやカナダから越冬《えっとう》しにこの築地にやってくるんだとさ。もう春が来たから、そろそろ旅立つ頃合いだろう」

「というと、ウミネコはほかのカモメとは違って、渡り鳥ではないということかしら？」

「その通りだ。お前、案外、察しがいいじゃねえか」

「案外って何よ」

「あいつらはどこに巣を作ってるんだか、一年中ここいらを飛び回っている。親鳥が子供を連れて、屋根の縁なんかに止まっているのをたまに見かける。たぶん、ウミネコのお母ちゃんなんだろうなあ」

「へー、繁殖も子育ても築地でやってるんだね」

「おお、そうよ」

長谷川はハンドルを操りながら、自慢げな口ぶりで言った。ただし、彼の話に感心したのはそこまでだった。

「もう一つ、ウミネコはずうたいからして特別だ。あんた、そばで見たことねえだろう？　空の高い所を飛んでいれば、わからねえことだけど、羽を広げると一メートルにもなる」

「えっ、そんなに大きいの？」

「ああ、でけえ。魚をぶら下げて歩こうものなら、ものすごい勢いで滑空してきて、さらっていこうとする」

「ちょっと怖いわね」

「おう、気をつけるこったな。あんたが魚に間違えられないといいけど……ガハハハ」

「バカ言わないでよ」

春子はムッとして、しかめっ面をした。振り返って男の顔を見るまでもないと思った。下品で意地悪な笑いを貼り付けているに決まっている。

長谷川はターレーの速度をぐんぐんと上げた。向かい風が吹きつけ、目を開けられないほどだった。やがて駐車場を突っ切り、市場の敷地の外れに着いた。そこは東京湾に隅田川が注ぐあたりで、木の板を敷き詰めた桟橋が堤防沿いに延びていた。

彼は「おい、着いたぞ」と言ってターレーから飛び降りると、タバコを取り出して火をつけた。青空にふわふわと煙が立ちのぼったが、春子は上を見ず、欄干《らんかん》から下をのぞいて目を丸くしていた。

「こんなところに船着き場があるのね。ここから魚を陸に揚げるのかしら」

「昔はな」と、彼はそっけなく答えた。

「昔って、今は使ってないってこと？」

「ああ、使ってない。見てみろよ。この水の汚さ。臭いだって、ひでえ」

改めて欄干から身を乗り出して下をながめてみると、ドドメ色の海水に粘着質のあぶくが立っているのが見えた。潮風が腐臭を運んできた。春子は鼻に手のひらをあて、臭気の侵入を遮《さえぎ》った。

「これをきれいな水に変えようってえのが康ちゃんの仕事だ。カンデンチだったたか」

春子は一瞬ぽかんとしたものの、すぐに正しい下水浄化設備の名に思い至った。

「もしかしてダジャレのつもり？　民谷さんの会社が請け負っているのは、沈殿池《ちんでんち》ですよ。いわゆる汚水プールってやつで、下水をきれいにして海に流す仕組みです」と誤りを修正した。

談合容疑を持たれている五社は、下水道が集めて来る水をいったん溜めてゴミや汚《お》泥《でい》、リンなどを取り除く沈殿池の設備を自治体の処理場に納入していた。国の外郭団体である「下水道事業団」が東京、大阪など大都市向けに発注し、十件の設備が五社により落札され、きれいに二件ずつ分配されていたのだ。

長谷川が口を開いた。

「康ちゃんはトンカチの現場から営業に代わって、必死にがんばってたんだ。あんた、腹踊りってやったことがあるか？」

「あるわけないじゃない。裸になって、お腹に変な人の顔を絵の具で描いて踊るやつでしょ」

「康ちゃんに何度か会ってるんだったら、どんなやつか知ってるだろう。恥ずかしがり屋なんだ。だけど、百人からの客の前でやったんだぞ。自信がないから、おれに見てくれって頼みにきたんで、この場所に連れてきた」

そうなのかと、春子はあたりを見回した。使われなくなった船着き場は人っ子一人いない。

「ラジカセ持ってきて、ディスコの定番とかという外タレの曲を流して踊った。おれは『おもしれえよ、すごいよ、康ちゃん』とほめそやしながら、悲しくなったよ。どうしてもわからねえ。必死に仕事をする人間が、何で悪人にされなきゃいけないんだろう」

春子は心で泣いて腹踊りをする民谷の姿を思い浮かべながらも、きっぱりと反論した。

「法に反する行為があったからよ」

ところが、長谷川は「へー、法ってえのはそんなに偉いのか?」とバカにしたようにつぶやいた。

「日本は法治国家なんだから、国民には法を守る義務がある」

「ホウチって何だ? 新聞か」

おふざけにはもう付き合わなかった。

「いくらいい人でも、いくらいい仕事をしている人でも、法を犯せば、償わなければならないのよ」

長谷川は苦々しい顔つきで見つめ返してきた。

「談合なんて、ほかにもいっぱいやってるじゃないか。土建屋だって、役所に文房具納める会社だって、みんなやってるって聞くぞ」

　春子はここが説明のしどころだと思った。

「一罰百戒《いちばつひゃっかい》って知《こ》ってる？」

「ああ、一人を懲らしめて、全員を従わせるおかみの手口だろう」

「あなたが反発を抱く気持ちはわかるけど、仕方ないことなの。殺人事件みたいに、発生している犯罪すべてに捜査官を向かわせるのは不可能だから」

「どういうことだ？」

「経済事件や汚職事件というものは、一部に過ぎないけど少しずつ摘発し、多くの国民に知ってもらって、違反行為を抑止するのが私たちのめざすところなんです。つまり、社会を教育することに刑罰の目的がある」

「教育？　なんだ、あんたらは先生なのか」

「まあ、そういう理解でもかまわないわ」

　長谷川は腕を組んで考え込んだ。ややあって、「やっぱりおかしい」とぽつりと言った。

「不平等じゃないか。世直しするのに、なぜ康ちゃんじゃなきゃいけないんだ。こんなきたねえ海をきれいにしようとがんばってる人間じゃねえといけねえんだ」と、たたみかけてきた。

すぐに返す言葉が見つからなかった。議論に負かされかけている自分に気づいた。

ふと、公取委が摘発を増やす背景に貿易摩擦があることが頭をよぎった。経済の犠牲、社会教育の犠牲、さらには特捜部長が何人逮捕したかを競うための犠牲……。

黙り込んでいると、

「もう一ついいか」

長谷川が聞いてきた。

「なに?」

「おれが、あんたらが間違ってると思うことの続きだ」

「まだ文句があるのね」

「ああ、どうしても解《げ》せないんだ。康ちゃんは本当に法を犯したのか」

「ええ、民谷さんも認めていることよ」

「おれはよ、頭が悪いせいか、法に背いたのは人間じゃねえって気がするんだ。何て言えばいいんだろう? 人間の周りを囲んでいる全体みたいなもんだ。見えてない全体というか……くそっ、うまく言えねえ」

春子はハッとした。見えていない全体……告発書類を受け取って以来のもやもやは、言葉にすれば、まさにそういうことかもしれない。

長谷川が言うように、本当の罪は人ではなく、構造が犯したものと考えられなくもない。何十年と公共工事で談合を続けながら、経済の振興のためだと言って見逃してきた社会の営みがあったことは覆い隠せない事実である。

下水設備に絞っても、談合の仕組みを作ったのはずっと昔の人たちだ。告発された五人は摘発の手が入ったその時、たまたまそこにいたに過ぎない。罰するべきは個人を取り巻く構造や組織とすれば、法人がそれに当たる。そして五社は検察へ告発されると同時に公取委から多額の課徴金を科され、すでに十分な罰を受けていた。

そのうえに検察が出張っていき、個人を罰する意味があるのかどうか。強いて挙げれば、部下に汚れ仕事をさせているらしい上層部を追及できればいいのだけれど、副部長の了解は得られそうにない。

私はいったい、何をしているのだろう？

見えていない全体。

長谷川の声が脳裏にこだましてやまなくなった。春子は足元を見た。ドドメ色の海に膝まで浸《つ》かっている気がした。

12

久我は、長谷川健介という人物を親しみを込めて呼ばずにはいられなくなった。

「健ちゃん、いい男だなあ」

　だが、常磐の反応はどこか澄ましていた。

「ふん、ちまたには法と関係ないところで生きている人間が、いくらでもいるってことだよ」

「おれには気持ちのいい人に思えます」

「そうかぁ?」と、こんどは強い疑問形が返ってきた。彼女にとって、いまだに悔しい思い出なのかもしれない。久我は機嫌を損ねないよう、さりげなく話題を変えた。

「しかし、思えば東京湾が汚かったのも今は昔ですね」

「そうだろう。近頃じゃ、トライアスロンだってやれている。それに腹踊りも昔々の話になってるんじゃないかな」

「だと思います。いくら仕事のためとはいえ、今の若い人たちは宴会芸なんて嫌だと言えば、それで済むんじゃないんでしょうか」

「ほんと、バブルなんておかしな時代だったよ。久我くんはその頃、小学生かい?」

「ええ、ディスコブームもよく知りません。ところで、魚屋に論破された検事はそれからどうなったんですか」

常磐は久我のほうに視線を向け直すと、改まった口ぶりで言った。

「カーッと感情的になって、自分を制御できなくなった。ターレーを思い切り蹴飛ばしてやったんだ。延々と広い市場のなかを歩いて帰った」

「健ちゃんの説教に納得したんですね」

「そう。あいつの言う通りだと思った。外圧とか、社会教育とかのために、私は個人の幸せをねじ曲げようとしていたんだからね。主犯はやっぱり、個人を取り巻く社会のほうじゃないかと考え直したよ」

常磐はあのとき検事を辞めることまで頭をよぎったと、苦々しい顔つきで振り返った。

「だけど、がっくりして市場の門を出ようとしたとき、呼び止められたんだ」

「健ちゃんが追いかけて来たんですか?」

「いやいや、ちがうんだよ」

13

「検事さん、お帰りかい?」

背後からの声に振り返ると、長谷川とケンカしていた清掃係の女性がバケツにモップを突っ込んで洗っているところだった。春子は会釈をし、「さきほどは、お取り込み中のところに失礼しました」と軽く頭を下げた。

彼女はバケツの水をザーッと側溝に流し込むと、「やれやれ、きょうも一日の仕事が終わったよ」と白い歯を見せて額の汗を拭った。春子は気持ちよく働くとは、こういうことだろうかと思った。

不意に聞かれた。

「あいつ、警察のお世話になったんだって」

「ええ、まあ」と口をにごした。捜査官の守秘義務が頭をよぎる。彼女はそれを察したか、「あんた、心配はいらんよ。魚多田の社長から、ぜんぶ聞いているから。健介のやつ、康ちゃんの件で検事をやっつけに行ったんだって。そしたら、思いがけずかわいい女性だったから、殴るのをやめたそうだよ」

春子は顔を赤らめた。どぎまぎが数秒続いたものの、妙な感情は振り払って気になることを質問した。

「民谷さんのことも、ご存じなんですか」

「そうさ、健介のダチ公ならみんな知ってるよ。健介のお母さんはここで私と一緒に働いていたんだ。だけど、あいつが魚多田に入れてもらったばっかりの頃に、ガンで亡くなってしまってね」

と聞かされて、春子は場内の奥に延びる建物を振り返り、ウミネコの親子が時たま止まっているという屋根の縁を探した。母鳥が子供をあやしていたのはどのあたりだろうか。

「じゃあ、おばさんが母親代わりってことですか？」

「いやいや、私はそんなに愛情深くないさ。あいつがバカだから、心配しているだけだよ」

春子は「確かに」と、バカだからの部分に相槌を打った。

「あっ、そうそう、康ちゃんの話だったね。健介にしたら、恩人のように思ってるんじゃないのかなあ」

「恩があるんですか」

「母一人子一人の生活で、お母さんは体が弱くて苦労した。そんでもって、ニワトリみたいに朝早く起きなきゃいけないのが魚河岸で働く者の毎日なんだよ。だから健介は小学校の遠足のときなんか、弁当がいるって母親に言えなかったんだ。康ちゃんはそれをわかっていて、いつも弁当を半分分けてくれたそうだよ」

春子はぼんやりとして頷いた。まるで他人事《ひとごと》のように、そんな大切な友人を検事がいじめていると聞いたら、殴りたくもなるわと思った。心のなかでそうつぶやくと、なぜか肩の力が抜け、気持ちがみるみる楽になった。

そのときだった。タンポポの綿毛が飛んできたみたいに、ふわりとある考えが舞い降りた。長谷川との議論の間に聞いた康ちゃんのあれこれが、何かの関連する部品のようにつながっていく。そして最後には、腹踊りを披露したという大宴会に集約していった。もしかすると、もしかするかもしれない……。

背筋をぴりっと伸ばすと、「おばさん、また来ます」とあいさつをして、小走りに場内の問屋街に引き返した。

すでに照明が落ち、ぽっと光が出ていたのはトイレだけであった。そこに駆け込むと、裸電球の黄色い光の下に長谷川がいた。

一瞬、言葉を失った。彼がタイルの床にしゃがみ込んで、ぞうきんで湖を拭き取っていたからだ。ジャージの裾《すそ》が液体を吸い込んで変色している。

声が裏返りそうになった。

「何してるの？　早く裾をまくって。汚いものが染みちゃうじゃない」

「あれっ、誰かと思ったら戻ってきたのか」

「いいから、早く」

「汚いって、これか」

彼は平然と変色した部分を指でつまんだ。

「それほどでもねえよ、だっておれのおしっこだもん。もともと自分の体の中にあったもんだろうが」

「やっぱり、あなたが犯人だったのね」

「仕事が終わって、ビール飲んで、いい気持ちで鼻歌うたいながら用を足してたら、的を外しちまったんだ」

「そんな解説はいいから……」

春子はしかめっ面を向けた。

「おばさんが怒って問い詰めてるのに、いけしゃあしゃあとトボケてたわね」

「しょんべんこぼしました、はい、すみませんなんて、男が言えるか」

「あきれた。子供みたいだね」

「便器のことか？」

「あなたのことよ。子供みたいなヤクザだ」

長谷川は、にやっと笑って立ち上がった。いきなり「おまえも手伝え」と言って、濡れたぞうきんを投げてよこそうとした。

春子はキャッと悲鳴をあげて、のけぞる。だが、ぞうきんは飛んでこなかった。

子供ヤクザは「くくっ」と笑って肩をふるわせた。

「引っかかったな。ざまあみろ」

「あなたね、私は聞きたいことがあって、大急ぎで戻ってきたの」

「そうみたいだな」

走ったせいで、春子は肩で息をしていた。

「民谷さんが腹踊りをやったのはいつのことだった？　お客さんが百人来たとかいう宴会よ」

「えーっとだな、たしか去年の二月の中旬だ」

　ということは、五社の五人が集まって会食した日のほぼひと月前ということになる。春子の胸は高鳴った。

「二月中旬、それが間違いなければ、忘年会や新年会じゃないわね」

「間違いじゃねえ、何ほざいてやがる」

「どうして、そんなにはっきり言えるの」

「だって、おれが特上の真鯛を十一尾、中の下ぐらいのやつを八十五尾、耳そろえて納めたんだ。たぶん、上物は偉いやつが食ったんだろうな」

　興味深い話だったが、春子の心はその先に飛んでいた。

「あなた、つまり、宴会場がどこかも知ってるのね」

　春子は唾をゴクリとのんだ。

「当たり前じゃねえか、神楽坂《かぐらざか》の……」

14

いても立ってもいられず、春子はタクシーを拾って神楽坂の「吉栄《よしえい》」に急行した。桜の花が散って、代わりに出てきた青葉に隠れるように古い木造の建物が立っていた。大きな屋敷には見えなかったが、長谷川によると、百畳の宴会場があるという。午後五時を過ぎたばかりで、客の出入りはまだなかった。春子は一発で目的を達するつもりだった。気を引き締め、がらがらと引き戸を開けた。

番台のようなものが板間にあり、メガネをかけた中年の男が座っていた。春子に気づくと、壁時計をちらりと見て、「お客様でしょうか」と言いながら腰をあげた。

「この建物の管理者の方はいらっしゃいますか？」

「はあ、管理者というと」

「経営者、もしくは、店長のような責任者のことです」

「それなら私がこの店の社長ですが」

好都合だと思った。

「私は東京地検特捜部の常磐春子と言います」と胸を張り、身分証を示した。

社長はメガネの奥の目をぱちぱちさせながら、おずおずと聞いた。

「検事さんなのですね、どういったご用件でしょう」

「家宅捜索の下見に来ました」

「そうさく、そうさく……へっ、家宅捜索ですか？」

「ええ、そうです。ただし、私たちはある宴会の確認資料を求めてるだけですから、任意に提出していただければ、令状を執行する手続きは省きます」

令状は取っていなかったが、ウソはついていない。強制捜査を受けると受けないでは世間体が大違いだと、経営者なら考えるはずだ。相手がおろおろしているうちに、春子は土俵際に追い込むことにした。

「いま、ここで決めてください。捜査に協力するか、しないか」

控室に通され、十分もすると、社長が書類の束を手に部屋に入ってきた。春子は「感謝いたします」と礼を述べて、ソファテーブルに書類を一枚一枚広げていった。経理の記録をめくると、その会食は総額二百万円を超える大宴会であることがわかったうえ、五社が分割して費用を負担していたことがうかがえた。

そして「ご宴会幹事様」と書かれた封書には、名刺が五枚入っていた。いずれも公取委が告発してきた受注調整の「幹事」とされた面々であった。民谷らは会社において談合の責任者などではなく、宴会の「幹事」にすぎなかったのだ。後の居酒屋での五人の集まりは、大宴会をやり終えた腹踊り仲間の打ち上げだったのではないか。

そのことに驚きながら、さらに息をのんだのは二枚の紙であった。
一つは席次表、もう一つはハイヤーの送り伝票だった。帰りの車の手配も、店が代行していたのだ。そこに、こうあった。
事業団のみなさま
上川信三　世田谷区砧
山村浩久　横浜市港南台
上原孝夫　千葉市稲毛海岸
恐らく百人規模の大宴会は、工事の分配が決まった後の手打ち式のようなものなのだろう。上座では各社の社長、会長を合わせ、計八人が下水道事業団の三人の役人を囲み、座っていたことを席次表が語っている。
春子は事件が急展開したと確信した。
疑うべきは、官製談合なのだ。

15

常磐は苦笑いして振り返った。
「山田さんに店から借りた証拠書類を持って行くと、態度がころっと変わったんだよ。

いい事件だから部長のご機嫌を取るより、お手柄のほうを選んだんだろうね」

法務省が監修する捜査事例集で読んでいた久我は、「ああ、それが裏話なんですね。史上初の独禁法を適用した官製談合事件の……」と応じた。

「なんだ、案外、勉強してるんだね」

説明意欲をそがれたのか、常磐はやや残念そうに久我をほめた。

独占禁止法は商取引に対する規制法のため、罰則の適用を受けるのは商行為をした者、入札でいえば、受注者側に限られる。

いわゆる「身分犯」である。官の側の人間はいくら談合に関与しようと、直接の罰則の適用は受けない。そこで特捜部は五社の会長、社長を主犯としたうえで、事業団幹部、つまり官の側を「身分なき共犯」とする構図で事件を組み立てたのだった。

「当時は官製談合防止法なんてものはなかったからね。独禁法をひねった形で使うしかなかったのさ」

「談合を主導した目的はたしか、天下りでしたね」

「そう、自分らへの利権誘導だよ。各社に役員ポストを用意させていた。価格も業者に十分な利益が出るように高めで発注されていたから、官と業界で国民が納めた税金の上前をはねていたんだね」

特捜部は民谷ら五人の「宴会」幹事を被疑者リストから外し、代わりに各社の会長、社長らとともに事業団幹部三人を逮捕し、起訴した。裁判の結果、最も罪が重いのは事前に発注予定価格を教えていた三人の事業団幹部と認定された。

「だけど、私が読んだ事例集には検事正の名前は出てなかったなあ」

久我が首をひねると、常磐は冷笑を浮かべた。

「事件が思わぬ方向に伸びるとわかったとたん、調べ検事を外されたんだ。起訴検事になったのは、財政班主任の神坂《こうさか》さんだった。彼はそれで、捜査官としてだけでなく法律家としても名を上げた。今は弁護士になっているけど、顧問先を引っ張るのにいい実績になっているんじゃないか。独禁法に精通しているってことでね」

「また、どうしてそこまで厄介者扱いされたんですか？」

「私がわきまえないからさ」

「わきまえないですか。そういえば東京五輪の会合で、高齢の元首相がそんな女性蔑視の発言をして騒ぎになってましたね」

「そうそう、山田さんは自分の意見を変えない女の私を、よほど腹に据えかねていたんだろう。きみも特捜部に行ったら、気をつけるんだな。身内に敵を作ると、それはそれはやっかいなもんだよ。褒められる仕事をしても、人間関係のあれこれがもとで、逆にけなされるなんてことが組織にはあるんだから」

彼女は感慨深げにつぶやいた。

「検察人生とも、もうすぐおさらばさ。まあほんと、つらいことも嫌なことも、いろいろあったよ。最近、検察を離れるという段になって、市場で声をかけてくれた清掃のおばさんをよく思い出すんだ。ひと仕事終えて、あんなにいい顔を私がしたことがあったかなって。まっ、人を罪に問う検事という仕事だから、どだい無理なのかもしれないけどね」

「つぎは弁護士稼業ですね。ご病気の藤川さんに代わって、国際的な渉外事務所を引っ張っていくのは大変なことでしょうけど」

「おやっ、何いってるんだい。私が弁護士法人の理事長になるのは、国際業務にはほとんど縁のないヤメ検事務所だよ。仕事の大半は刑事事件になる」

「はっ？　ご主人の事務所を継ぐんじゃないんですか」

常磐は突然、ハハハと声を立てて笑った。

「そっか、プロポーズの話をしたから勘違いしたんだね。ありがたい申し出だったけど、お断りしたのよ」

「じゃあ、ご主人は？」

彼女はカウンターから首を伸ばし、厨房に向かって「おーい、ぼうず、出てきなさい」と呼んだ。すると若い料理人がひょこひょこと歩み出てきて、丁寧に腰を折った。

「長谷川健太郎です。母がいつもお世話になっています」

「まいった。長谷川健介さんの息子さんですね」

彼はこくりと頷いた。

「ええ、父が自分と似たような名前をつけるもんだから、家では『ぼうず』という父の呼び方が定着しておりまして」

自慢の息子なのか、常磐はうれしそうに目を細めた。

「この子は法曹になんか目もくれず、父ちゃんの世界に行ってしまった。魚屋と板前じゃ、すこし違うけどね。この店も魚多田のお得意さんの一つなんだ。頼み込んで修業させてもらっているわけさ」

「健ちゃんは元気なんですか？」

「市場が築地から豊洲に移ると決まったときは、怒ったり悲しんだりしていたけど、この頃は元気過ぎて困ってるよ」

「いいことじゃないですか」

「いやいや、朝早い仕事なのに毎晩のように飲み歩いている。さっき電話したときは、今晩は九州の人をもてなすんだと言ってたよ。何でも上野に配達に行ったとき、西郷さんの銅像の前で、西郷さんとそっくりの人に会ったんだって。誰とでも友達になっちゃうからさ」

健ちゃんの妻はため息を一つつき、なおもぶつぶつ言った。

「今頃、どこかの店のお手洗いで迷惑をかけてないといいけどね。酒飲むと、面倒な男なんだ。方向音痴だから」

海と殺意

1

オタクであるか、ないか。はて、顔つきやしぐさ、歩き方……といったもので識別できるものだろうか。

久我周平《くがしゅうへい》は北九州市内に出店したばかりのアニメショップに娘の菜穂《なほ》と来ていた。店内をぶらぶらしながら、ひそかに疎外感を覚えていた。まずは中年になっていることを覆い隠せない見た目に原因があるとしても、他の客がちらっと送ってくる視線に彼らの仲間意識とは反対側にあるものを感じてしまうのだ。

「ほんとにセールなのか」

「開店セールって、表に書いてあったじゃない」

菜穂が手に提げる買い物カゴは、父親にはどんな映像作品の関連かもわからないキャラクター・グッズのぬいぐるみや缶バッジで埋まりかけている。

妻の多香子《たかこ》にだまされたと思った。数学のテストで満点をとったご褒美に、アニメショップでカゴいっぱい買い物をしていいと約束したのは多香子だ。菜穂は中学三年生、年が明ければ高校受験を控えている。久我は駄菓子屋でおもちゃを買う感覚でスポンサーを引き受けたものの、どう見てもカゴの中身の総額は一万円を超えている。

〝一万去って、また一万〟

自分ではイケてると思えるダジャレを考えついたものの、喉元にとどめた。菜穂はすっかり年頃となり、幼いときのようには父親のジョークを喜ばなくなっている。

暦《こよみ》は十一月に移っていた。受験までそう時間があるわけではない。久我はアニメキャラに囲まれながら、はっちゃける娘に聞かないではいられなかった。

「勉強はいいのか？」

「そんなこと、どうでもいい。オシとシンジュウする」と、目をらんらんとさせた。

「はあ？」

「もう、気分が盛り上がっているんだから、じゃましないで」

推《お》し。心中。久我は漢字変換できるまで十数秒を要した。

店を出たときには日がとっぷりと暮れていた。にぎやかな商店街のアーケードの下を歩きながら、菜穂は袋から一本のプラスチックの棒を取り出した。

「お父さんにあげる」

久我は怪訝《けげん》な顔つきで受け取った。

「なんだ、これ」

「ペンライト。スイッチを入れてみて」

言われた通りにボタンを押すと、青く点滅を始めた。

「いったい何に使うんだ？」

「お母さんに聞いていない？　それを振るんだよ」

「は？　おれが？」と、久我は自分の顔を指さした。

「そう。ライブのチケットが夜の部しか当たらなかったから、お父さんに一緒に行ってもらうことになったんだ」

久我は慌てた。

「そんなこと聞いてないぞ。それにライブって誰が来るんだ？」

菜穂は聞いたこともないアニソン歌手の名をあげた。

「おれをオタクのライブに連れて行くのか。冗談じゃないぞ。あのな……」

そのときだった。突然、ウーウー、カンカンというサイレンと鐘の音がアーケードにこだました。父親の吐く文句はたちまち、そばの幹線道を通過する消防車にかき消された。

久我と菜穂は小走りに消防車が向かう方角に足を進めた。

「うわっ！　あれって警察の建物じゃない」

小倉中央署のビルに消防車が次々に集まってきていた。はしご車の姿もある。夜のせいか、煙は見えない。久我は顔をこわばらせて娘に告げた。

「菜穂、先に帰れ」

「どうして？」

「お父さんの友達がたくさん、あの建物の中にいるんだ」

心配げな親の顔を見て菜穂はこくりと頷いた。

「わかった。私一人で帰れるから心配しないで」

娘がバス停の方角に歩き去ると、久我は火災現場へと駆けだした。

2

火事のおよそ三か月前の夏、北部九州が日本とは思えないほどのひどい暑さに見舞われた日のことだった。

久我は小倉中央署で暴力団対策を担当する池崎将洋《いけざきまさひろ》に昼食に誘われた。三十代半ばの警部補である。会議が終わって帰ろうとしたとき、後ろから声をかけられた。

「久我さん、お昼ご一緒しませんか」

腕時計を見た。ムシャクシャしてゴミ置き場に火をつけて回った男の送検予定は夕方と聞いていたので時間は十分にある。久我は「うん、おれも外で昼を取って、地検に帰ろうと思っていたところなんだ」と喜んで誘いを受けることにした。

連れて行かれたのはJR小倉駅前のうどん屋だった。午後一時を過ぎていたこともあり、店はすいていた。八月の終わりにぶり返した熱暑とともに、釜から立ちのぼる湯気が客に避けられたこともあったかもしれない。

テーブルに腰掛けるなり、ポットをつかんで湯飲みに注ごうとしたところ、池崎に制止された。

「何やってるんですか、久我さん、それ汁ですよ」

「じゃあ、お茶はどこ？」

「こっち、こっち」と池崎は言い、もう一つテーブルに置かれていたプラスチックのポットを引き寄せた。

「何で汁がテーブルにあるんだ？」

「福岡のうどんはコシがないとですよ。やわやわに製麺してある。だから食べている途中に麺が汁を吸って、なくなることがあるとです」

「そうだったのか」

久我は福岡地検小倉支部におとこし赴任した。ポットの存在に気づいてはいたものの、そこにスープが入っていることを初めて知った。

「そんなことにも気づかなかったんですか」と、池崎はあきれ顔を向けた。軟らかな食感のうどんに池崎は愛着を持っているらしく、食通ぶった講釈を垂れ始めた。

「こっちが本物のうどんっすよ。おれには香川のうどんは、うどんに思えん。硬くて団子を食っとるみたいや」

たかが食べ物の話なのに、池崎はかっかして大きく目を見開いた。いつにもましてテンションが高い。

久我は香川のうどんの大ファンであったが、議論になると面倒なので口には出さなかった。暑苦しいヤツだと心の内でつぶやきながら、半信半疑のまま池崎が言うように嚙《か》まずにのみ込んでみた。

すると、いりこダシの香りとともに何とも言えない快感がのどに走った。

「うまい」

「でしょ？　久我さん、福岡のうどんはこれからも嚙まんようにしてください」と言い、満足そうに笑った。

彼のずけずけした物言いは、うどんの食べ方にとどまらなかった。

「久我さん、寝とったでしょう」

「さっきの会議のことか？」

「ええ、国税の人が一生懸命メモをとる横で、あごが天井を向いとったもんね」

警察、検察、麻薬取締局、国税局の四者は定期的に会合を持っている。この日の主要議題は警察庁の会議に出席してきた暴対官の臨時報告であった。北海道から順に地域の暴力団の情勢が報告されたものの、久我のまぶたの筋肉は九州にたどりつくまでもたなかった。

「どうも勉強会は苦手なんだ。木曽《きそ》川を渡るところまではちゃんと聞いてたんだが」

「うそです。大井《おおい》川でしょ。静岡あたりでもう目がとろんとしてましたよ」

久我は頭をかいてごまかしたが、ふと表情を変えた。

「ところで、おれに何の用があるんだ？　まさか、うどんの食べ方を教えるためにここにきたわけじゃないだろ？」

池崎は冷茶を含むと、険しい目つきになった。

「通りの向こうを見てください。パチンコ屋の二階に、新しい看板があるでしょう」

彼の視線を窓越しに追うと、「クレデンザ」という看板があった。

「何の会社だ？」

「登記簿によると、事業は通販ということになっています。夏の初め頃に神戸から移転してきた会社です」

「クレデンザって？」

「イタリア語なんだそうです。サイドボードという意味らしくて、神戸では以前、店舗を開いてアンティークの家具を売っていたとか」

「それがどうしたんだ？」

「おかしいんですよ。ここらの金融機関を訪ね歩いたんですけど、取引が一切ない」

久我は、彼が何を怪しんでいるのかを察した。どこかの暴力団のフロント企業じゃないかと疑っているのだろう。

池崎は声を潜《ひそ》めた。

「なにせ元あった場所が神戸ですから、クロウトの本場です。白王会《はくおうかい》の利権を狙う連中がついに乗り込んできたと、おれはみています」

福岡県北東部を縄張りとする白王会は、日本一凶悪な「ヤクザ」として国内ばかりか世界に名を売った時期がある。テロ組織への取材に無類の強さを発揮する中東のテレビ局アルジャジーラが、「治安がいいとされている日本にも凶暴な組織がある」と報じたほどだ。

暴力団追放運動の看板をかかげる店に手榴弾を投げ込んだり、組事務所からロケットランチャーや機関銃が見つかったりと、ヤクザが暴れ回っている地域があることを日本地図に印をつけて特集したのである。

報道そのものが警察を駆り立てたわけではないが、福岡県警は白王会撲滅をめざし、前例のない大がかりな摘発に乗り出した。実行犯が口をつぐんだまま刑務所に行った過去の殺人事件を再捜査するなどして、会長、副会長といった上層部を逮捕した。さらに脱税罪にも問い、会長らへの上納金の流れを止めた。

幹部が自由と資金を失った組の力は弱まり、五百人を超えた構成員は半数近くにまで減った。しかしそのことは、残った半分の者たちが依然として覚醒剤密売、ヤミ金、売春斡旋の三大収入源を手放さずにいることを意味していた。

池崎は一般の組織暴力担当の刑事と少し違う。福岡市にある県警本部から派遣され、小倉中央署に駐在し、地下経済の動向を探るべく情報収集のみを任務としている。久我は着任後に池崎のあいさつを受けたとき、暴力団情報専任の捜査官がいるのは北九州だけだろうと思った。

「家具を運んでくるなんて、まさに引っ越しだな」

「ええ、悪い予感がします。関西の暴力団はシマを広げたいだろうし、白王会の連中にもボスなきあと、新しい組織の看板を求めている者がいる」

検事の顔に戻って久我は聞いた。

「家具屋の裏に何かネタを見つけたのか。おれが六法や判例集を広げて、うんうん唸《うな》らなきゃならないような」

「だったら、いいんですけど」と、池崎はやや悔しそうに唇を噛んだ。

「クレデンザって会社、おれは臭いと思っている。だけど上の理解が得られなくて、聞き込み以上のことをやらせてくれない。そこで久我さんにお願いがあるんです」

「何だろう？」

「神戸に会社があった頃の情報が欲しい。納税記録やら取引先やら何やら。きょうの会議には来てなかったけど、国税の山本《やまもと》さんを紹介してもらえませんか」

山本は福岡国税局で法人調査部長を務めている。久我は地検小倉支部で脱税の告発案件を受ける財政係も兼務しており、国税側では山本がカウンターパートとなる。管理職になる前は、繁盛しているわりに納税額の少ない焼き鳥屋のゴミを調べ、串の本数を数えて過ごした現場派の調査官である。

池崎は何やら意味深な光を目に浮かべて身を乗り出してきた。

「仲のいいお友達ですよね」

久我はギクッとした。

「友達って、まあ、そうなんだが、何できみが知ってるんだ？」

「見たんですよ。繁華街で酔っ払いが肩を組んで歩いているところを」

やっぱり、と思った。

その夜、家に帰ってからの記憶がまったくなかった。朝起きてガンガン音を響かせて痛む頭を抱えて食卓についたとき、多香子にこっぴどく叱られたことを覚えている。

「何でそんなに飲むのよ」

「たぶん、異常気象のせいだ」

多香子は思いきり顔をしかめた。

「またわけのわからないことを言ってる。地球の気候がおかしくなっていることが、あなたが泥酔することにどんな関係があるのよ」

「うーん、よく思い出せないんだ。でも、なんか関係してたんだよなあ」

「ところで、何人目だと思う?」

「何が?」

「周平さんをおぶったり、肩を支えたりして、夜中にうちに来た人よ」

「さあ」

「じゃあ、教えてあげる。私の記憶では、たしか山本さんが十六人目になるはずよ」

久我は首をひねって、浜松、堺、松本、横須賀と二、三年置きに渡り歩いた地検支部時代の飲み友達の顔を思い浮かべた。

「多すぎるだろう?」

「いえ、多すぎません。延べ人数です」

妻はぴしゃりと言った。

「周平さんと一緒になってから、とにかく、いろんな知らない街を回ってきたけど、行くとこ行くとこで私は恥ずかしい思いをさせられる。山本さんにはきちんと謝っておいたから」

多香子とは司法浪人時代に結婚し、一女をもうけた。任官以来、東京の出身でいつかは都内に戻りたいと思っていることを久我は感じていた。蹴《け》飛ばされた小石のように地方を転々としてきた。ふだんは中央からお呼びのかからない夫に文句を言う妻ではない。しかし本人は無意識なのだろうが、こんなときにちらりと不満をのぞかせる。

とにかく、いろんな知らない街……。

久我は多香子の気持ちをくみ取り、申し訳ないと言おうとした。ところが、口に出す前に胃の中のものに遮られた。すさまじい吐き気に襲われ、トイレに駆け込んだ。妻を二度あきれさせ、その日は口を利いてもらえなかった。

池崎の声に引き戻された。

「あれ、何て歌ですか？　叫んでいるだけで英語か日本語かもよくわからんかった」

久我は慌てて額に手をあて、首を横に振った。多香子の前では思い出せなかった醜態がまざまざと脳裏によみがえってきた。その夜の山本との話題はもっぱら、「二〇一七年九州北部豪雨」と名付けられた七月の大災害だった。

「たかだか雨で、あんなに人が亡くなるとは信じられません。大雨なんかに負けたらいかんです。悲しい気持ちは歌で振り払いましょう」

と山本が狼煙《のろし》を上げ、居酒屋からカラオケバーに転進した。あげくの果てに、人目もはばからず路上で肩を組んで歌う二人きりの合唱隊となった。

池崎の目撃談がその先に進むのを制するように、久我は「よし、わかった！」と声を強めて言った。

「頼まれてくれるんですね」

「ああ、頼んでみる。山本さんは懐《ふところ》の深い人だ。意気に感じるタイプだから、警察との間の手続きがどうとかは言わずに引き受けてくれるだろう」

「ありがとうございます」

池崎はどんぶりに隠れるほど低く頭を沈めた。

3

池崎から久我に電話があったのは夏を越し、秋が半分以上も過ぎた頃であった。

「ヤツらが動きました」

悔しそうに池崎が唇を噛むようすが電話越しに伝わる。

「何があった？」

「人が死にました」

「現場はどこだ？」

「小倉区の商店街です。これからそちらに車で迎えに行きます。久我さんに現場を見てほしいんです」

商店街の入り口には通行禁止の黄色いテープが張られ、車と人の進入を止めてあった。イチョウの大木が一本、道祖神《どうそじん》を隠すように生え、時おり吹きすさぶ強い風に葉を散らしていた。秋は深まり、小鳥に似た金色の葉っぱがひらひらと舞っていた。

被害者は市内の風俗店の経営者で、暴対の捜査員から見るとグレーの世界に身を置く男だった。白王会の正規の組員ではなく、県警のリストには「協力者」として名があがっていた。二十代で小さなゲーム喫茶を開き、どの組の盃《さかずき》も受けないまま白王会との関係を築いてファッションヘルスに手を広げた。そんな灰色の実業家が二人組の若い男と路上で肩が触れあい、いさかいになって殴る蹴るの暴行を受けたすえ、死亡したという。

「こういう男です」

池崎が見せた手帳のメモにこうあった。

富岡慎司《とみおかしんじ》、四十五歳、住所……

「家族はいないのか」

「ええ、結婚はしていません。ですが、愛人と元愛人を足せば、両手の指では足りないでしょう」

「羽振りがいいんだな」

「風俗店だけじゃない。おれが以前、脱落した元組員から聞いたところでは、広告業を自営でやってるという情報がありました」

「広告？」

「風俗サイトと投げ込みのチラシですよ。業者はみかじめ料の代わりに富岡に仕事を出し、一部が白王会本部に上納されるという仕組みです」

「正規の組員にあえてならずに、カネを稼ぐ輩《やから》だな」

「そう、いわゆる経済ヤクザってやつです」

「ところで、暴行現場は？」

「そこのイチョウの裏側あたりで、ケンカしたそうです。大木が邪魔して人通りのある商店街からは見えにくい場所です。防犯カメラも近くにありません」

「与謝野晶子だな。目撃者は金色の小さな鳥だけか」

「なんですか、それ？」

「いや、いいんだ」

池崎は説明を続けた。

「被疑者の二人はなぜか、死んだ被害者と一緒に現場にとどまっていました。市民の通報を受けて駆けつけた交番の者にケンカしたことを認め、おとなしく逮捕されています」

「変だな」

「同感です。偶発的なケンカなら、まずいと思った瞬間、逃げるのが普通でしょう」

「身柄は？」

「小倉中央署に引致《いんち》しました。いずれも神戸在住。一人は首の後ろに、モンモンをこれみよがしに見せているような野郎ですよ。もう一人はグラサンにオラオラ系の服を着込んで、こっちもみるからにヤクザ者です」

「オラオラ系って何だ？」

「不気味に派手な柄シャツです。人を怖がらせるユニホームみたいなもんかな」

暴力団組員は名刺を使いにくくなっている。それを渡された者が怖がり、心に傷を受ければ暴行罪が成立するという判例が成立してからのことだ。久我はオラオラ系の服装が、今時の暴力団の名刺代わりになっているのだと理解した。

「どこにそんなものが売ってるんだ？」

「うわさではヤツら御用達《ごようたし》の専門店があるらしいですよ」

久我は「ふーん」と頷いてから別の質問に切り替えた。

「クレデンザって言ったっけ？　例の暴力団のフロントらしき企業と関係が出ているのか」

「いや、それが……」

彼は浮かない顔をしたものの、「まだ調査中です。だけど絶対に関係してると思います」と言った。

「もし神戸からの使者なら、白王会と抗争になりかねない。シマを取りに来たとしたら、大変なことだ」

白王会は大ボスが拘置所に閉じ込められたとはいえ、小さな組がそれぞれにシマを分け合ってシノギを得ている。

久我が心配顔を深めたそのとき、後ろから怒鳴り声が聞こえた。

「おい、池崎、ここで何をしてるんだ！」

中央署刑事課長の黒木《くろき》警部が歩み寄ってきた。現場の汚染を気に掛けるプロの捜査官らしく、背広の上から鑑識作業用のジャンパーを羽織っている。もちろん久我とも顔なじみである。

「久我さん、こいつの話をおいそれと信じないでください」

黒木は二人の間に体をねじこんできた。

「どういうことですか？」

「こいつ、どうかしてるんです」と言って池崎に向き直った。

「誰も相手にしないからといって、検事さんまでお前の妄想に巻き込むつもりか」とにらみつけた。

池崎はみるみる顔色を失い、唇を嚙んで黙り込んだ。

黒木が現れるとともに、人が変わったように落ち着きをなくす池崎の挙動が不可解でならなかった。久我は刑事課長が現場の指揮に戻ったあと、池崎の肩をぽんとたたき、「ここいらにコーヒーのうまい店はないか」とお茶に誘った。

何がこたえているのか、彼は元気をなくした声のまま、「路地裏の小さな店ですけど、静かなところを知っています」と言った。

二人はとぼとぼと街路を歩き出した。だが数秒もたたないうちに久我の表情が変わった。菜穂が前方から、自転車をこいできたのだ。短いスカートをはいて、下着が見えてしまいそうになっていた。

「おい、その格好は何だ！」

久我は顔をこわばらせて行く手に立ちふさがった。

娘は「うわっ、やだ」と自転車を止め、父に言った。

「びっくりするよ、何でこんなところにいるの？」

「そこで事件があったんだ。お前は何をしてたんだ？」

「文化祭の準備。そこの先に同級生の家があって、これから仲間で集まるんだよ。『アニメで一句』っていう俳句大会を企画してんだ」

「お母さんから、オタクはミニスカートをはかないから、心配するなって聞いたぞ」

菜穂はハハハと声をあげて笑った。

「お父さん、そんな都市伝説を信じてたんだ。それなら、見せパンも知らないんでしょ？」

「何だ、それ……見せパン」

娘は「ほれっ」と言って、スカートをめくりあげる手つきをした。それを思わず隠そうとし、こけそうになった父親を見て、プッと噴《ふ》き出した。

「こんなところでスカートめくるわけないじゃん。見せパンというのは、人に見られても平気なパンツのこと。エスカレーターの下で、痴漢みたいな人をがっかりさせるやつ」

ふと池崎を見ると、顔が緩んでいた。

「恥ずかしいところを見せてしまった。うちの中三の娘で、菜穂というんだ」

彼は「初めまして」とあいさつしたあと、「目元が久我さんにそっくりですね」と言い、県警の池崎だと自己紹介した。

だが菜穂はあいさつを返さなかった。彼を見つめて、しきりに首をひねっている。

「初めましてじゃなくて、たしかこの前、私と会ったよね。あっ、そうだ、麦わら帽子をかぶってアロハシャツを着てた人でしょ？」

久我は念入りにメニューを眺め回したあと、結局、コーヒーのハウスブレンドを頼んだ。池崎は意外なことに、甘党が好むようなホットココアを注文した。その甘ったるい飲み物をネタに話を始めることにした。

被疑者にしばしば用いる取り調べの心得の一つだ。重い口を開かせるにはまず相手の話しやすい事柄から入り、供述の準備運動をさせるのである。

「うちの娘はその飲み物で電子レンジを爆発させたことがあるんだ」

「えっ、ココアが爆発物になるんですか？」

「ああ、おれもそのとき始めて知った。粉塵《ふんじん》爆発というやつだ。小麦粉の倉庫とかで、粉が舞った状態のところに引火して、建物が吹っ飛んだ事故が外国であったらしい」

「ココアの粉が舞ってたんですか。レンジの中で」

久我はしかめっ面を浮かべ、困った娘だと言わんばかりに額に手をあてた。「あくまで、おれの検証だが」と前置きして説明した。

「菜穂は小さい頃から、とにかく不注意でね。ココアをいれるのにポットの湯の温度が足りなくて、電子レンジを使おうと思ったところまではいい。けれど、湯を入れ忘れて乱暴にカップを置いた。すると、粉が舞う。古いレンジの漏電《ろうでん》だと思う。スイッチを入れた瞬間、火花が散って、ボン！」

「お嬢さん、無事だったんですか」

「ああ、レンジの扉がゆがんだだけで、けがはしなかった。煙は出たけどね。ぼんやりしているうえに、そそっかしい娘でね。どんな大人になるか今から心配だよ」

「でも、それも一つの個性じゃないですか。みな同じじゃないってことですよ」

なぜか池崎はぷいと横を向き、自分を納得させるかのような口調で言った。

「それに勉強はすごくできそうですね。一瞬しか見てないおれを覚えているぐらいだし」

久我は、彼が自ら菜穂の目撃談に話題を振ったことに安心した。

「どういうことなんだ？　麦わら帽子にアロハシャツなんて」

池崎はゆっくりと口を開いた。

「まだ暑かった頃、久我さんとうどん屋に行った週の土曜日のことです。久我さんの住む官舎をお訪ねして、郵便受けのところで部屋を探していたとき、お嬢さんに注意されました」

「何て？」

「変なビラ入れないでくださいって」

市内では、性風俗の広告ビラをみさかいなく住宅のポストに投函されることがあり、かねて問題になっている。

「うちにきたのか？」

「ええ、そうです。お嬢さんに声をかけられたとき、何で自分はここにいるんだろうと、変なことをしているのに気づいて帰りました」

「で、きみの訪問の目的は何だったんだ？」

「久我さんを海水浴に誘いに」

「海水浴？　おれと？」

久我は目をまん丸にし、すぐには元に戻せなかった。

「もう一度聞くけど、おれと海に行きたかったのか？」

「ええ、まあ、そうです」

「どうして？」

「えーと……そのときはそうだったんです」

それだけ言うと、押し黙った。ふだんの生意気な彼の姿はどこにもなかった。

4

地検支部の前まで戻ると、「定年延長反対！」と叫ぶデモ隊が庁舎の前にいた。「検察は首相官邸の言いなりか」と書かれた横断幕を広げている。

内閣の判断で検察幹部の定年を三年間延長できる――そんな特例規定を盛る検察庁法改正案が検討されていると、新聞が報じたばかりだった。政界捜査を手がける検察の判断の公正に政府の介入を許すものだとして、世論の批判が高まるのは必至と思われた。

横断幕を広げる人たちのなかに、久我は見覚えのある人物を何人か見つけた。福岡弁護士会の左派系の弁護士が顔をそろえていた。法案提出は来年か、再来年とされていたが、いち早く動いたことを誇るように声をあげていた。

「法案をつぶせ！」

シュプレヒコールに耳を傾けながら、群衆をかき分けるのをためらっていると、後ろから声をかけられた。

「おや、あなた、検察の人じゃないの」

振り返ると、スーツを着た小柄な中年の女性が、久我の胸元の検察官バッジをのぞき込んできた。

「ええ、小倉支部の検事です」

久我は女性をデモに参加した弁護士の一人だろうと思った。胸の弁護士バッジは薄手のコートに隠れて見えない。

「あなたも法案には反対かい？」

「ええ、反対です。官邸に定年を延長してもらった検察首脳が、政界への厳しい捜査をできるとは思えません」

女性は「そうかい、そうかい。あんた、よく言った。私はここの支部長や副支部長とは顔見知りなんだ。あなたがまずいことになるといけないから、デモに参加していたことは黙っておいてあげる」

「えっ、ちょっと……私はデモに参加していたわけでは」

彼女は薄く笑んだ。久我の言い分に最後まで耳を傾けることなく、そそくさと立ち去っていった。

部屋に戻ると、事務官の鈴木《すずき》が待ちくたびれましたという顔をした。

「中央署に行って二人の身柄の日報をもらってきました。急げって久我さんから電話をもらったあと、僕は走って飛び出したんですからね」と口をすぼめた。

「わるい、わるい、娘に現場で会っちゃってね。変なことで時間を食ったよ」

「菜穂ちゃんが現場にいたんですか」

「そうなんだ。偶然、自転車で通りかかった。同級生の家が近くにあるそうだ」と釈明しながら、娘が近くにいたことを改めて自覚し、胸の内にざわめくものを覚えた。暴力団の絡む事件が何の前触れもなく起こった。市民が平穏な生活を送る時間と空間の境目は、あの事件現場のどこにあったのだろうか。

与謝野晶子の歌が自然に口からこぼれた。

「金色《こんじき》のちひさき鳥のかたちして銀杏《いちょう》ちるなり夕日の岡に」

「はっ？　今の何ですか」

「でかいイチョウの木が現場にあったんだ」

「なんだ、誰かさんのモノマネかと思いました」

久我はぼそっと、頭に浮かんだままを口にした。

「命あってのモノマネ」

「ああ、なるほど。久我さんは言葉の芸術なら、ダジャレ専門ってことですね。あっ、そうだ、男は中年になると、ダジャレを言うようになるって知ってました？」

久我は目を見張って聞き返した。

「そうなのか？」

「ええ、『脳のふしぎ』って本に書いてありました。言葉の連想機能が抑制できなくなって、面白いかどうかも判断せずに連発しちゃうそうです。老化の入り口とも考えられているそうですよ」

生々しく思い当たる節《ふし》があった。ついさっきのが、まさにそれだ。

「ショックだなあ、老化なのか。なるほど、おやじギャグとはよく言ったもんだ。科学的に説明されているわけだな」

鈴木はにこっと笑ったあと、急に真顔になった。中央署から持ち帰った何枚かの聴取記録を久我に手渡しながら言った。

「やっぱり、ただのケンカなんじゃないでしょうか」

「どれどれ」と言って久我は書類に目を落とした。まず逮捕された二人の被疑者について氏名と年齢が記してあった。

伊沢満彦《いざわみつひこ》
山辺貴久《やまべたかひさ》
いずれも二十代半ば、関西方面のどの組の構成員であるかないかを確認中とメモがあり、幹部ではなさそうだとも記してあった。要するに小倉中央署の刑事課は、チンピラに過ぎないという見方をしているのである。

久我は最後まで目を通して言った。

「そうか、競馬をやりに来たと言ってるんだな」

「ええ、二人の話はぴたりとそろってます。JRAはあすの土曜から小倉開催ですからね。伊沢が馬好きで、もう一人は付き合いで来たかのように供述しています」

「そのために前々日の木曜から来るのか？」

「そこはかなり不審なところですよね。中央署は賭場《とば》に来てたんじゃないかと見ているようですけど」

丁半《ちょうはん》ばくちなどの賭博は、一般の客を集める闇カジノとはちがって、クロウトがクロウトを呼んで開帳《かいちょう》することが多い。西日本の裏社会の特性といえるもので、因習的に続いているのだ。

「財布が空《から》だったのか」

「鋭いですね。やつらは昨夜、寝ていないそうです」

「そもそも、こんな事件が午前中から起きるのが変だもんな」

久我は中央署の見立てを頭のなかでさらに広げてみた。徹夜でカネを張ったものの、すっからかんになった。いらいらしていたところ、路上で肩のぶつかった男と口論になった。やり過ぎて、死なせてしまった……。

だが久我の想像は、ただ一つの疑問に中断された。神戸から来た男たちはなぜ逃げなかったのか。現場で抱いたその問いの答えは見つからなかった。

鈴木に聞いた。

「被害者の司法解剖はどうなっている?」

「市立医大で夕方の五時からです」

「行ってくるよ」

「へっ、どうしてですか?」と事務官は目を丸くした。「歌会に誘われますよ。僕なんか断り切れずに、もう二回も参加してますから」

法医学者の川口好和《かわぐちよしかず》教授は、同人誌を発行する短歌結社を地元で主宰している。ご本人いわく、「法医と歌人の二刀流」とのことである。

川口は北九州で発生する事件性の高い異状死のほぼすべてを引き受けており、警察はもちろん、地検支部の職員とも密接に通じている。裁判の立証活動に法医の知見は欠かせず、証人として出廷してもらうこともしばしばあるからだ。

「秋の新作を吟じてもらってくるよ」と、久我は冗談めかして言った。

5

川口とは数日前、交通死事件裁判に出てもらうための打ち合わせをしていた。若者が前方不注意により自転車でお年寄りにぶつかり、路面で頭を打って死亡させた事故の審理である。

被告人は罪状を認めたものの、弁護団が死因との因果関係の立証が十分でないと法廷への召喚を求めたのだった。

円熟した腕を持つ法医は久我を解剖室に通すなり、「歌会には来ないのに、こっちには来るんだな」と皮肉交じりに言った。「紙とインクでは伝えられない微妙なことが多いから、どんな解剖にも捜査官が立ち会う決まりを作れ」というのが、川口の長年の持論であった。

久我が更衣室に用意されていた青い手術着を身につけ、解剖室に一歩踏み込んだところで、いきなり〝新作〟を聞かされた。

「メスを待つ人横たわる吾《わ》が城に帽子を知らぬ検事来たりぬ」

「はあ?」

呆けた顔をする久我に、川口は「わからんかね」とつっけんどんに言った。「手術着のポケットに手を入れてみなさい」

言われた通りにすると、そこにビニールの帽子が突っ込んであった。

「注意したまえ。きみの髪の毛についている整髪剤の化学成分が、被害者の血液を汚染することもあるんだぞ」

久我は面目をなくした顔のまま「はい」と返事をし、耳が隠れるほど深くビニールの帽子で頭髪を覆った。

被害者の富岡慎司は衣服を脱がされ、解剖台にあおむけに横たわっていた。肩から胸、腰から膝にかけて、体のおよそ三分の一に青っぽい墨《すみ》が浮かんでいる。

法医は解剖台に手を添えながら、ぼそっと言った。

「『この刺青いいわ』と女《スケ》が言ったから七月六日はカラダ記念日」

「何ですか、それ?」

「知らないのか」と、川口は残念そうな顔をした。

「筒井康隆の傑作だ」

「作家の？」

「そう、俵万智《たわらまち》のパロディーだよ」

川口はそう言うと、元歌を口にした。

「『この味がいいね』と君が言ったから七月六日はサラダ記念日」

「なるほど」

「筒井さんは短歌という文学に、ユーモアの可能性があることを示したわけだよ」

歌人は来客の顔を見やり、理解されたことを確認すると、法医の顔に戻った。解剖台の男に向かって、ささやく。

「あんた、どんな人生だったのかな？」

久我は「この刺青いいわ」と言ったであろう多数の女性たちがいたことは、その場では話さなかった。遺体のあちらこちらにある傷と出血に目を奪われていたからだ。額や頬に殴られてぱっくりと開いた傷があり、右左の手指の皮膚がすりむけていた。争いが原因とみられる防御創《ぼうぎょそう》である。

川口はメスを持つと同時に、「久我くん、これを着けてくれ」と言って医療従事者用のマスクを手渡した。

「皮膚や臓器を切った瞬間が一番、菌やウイルスが飛ぶんだ。肺なんか、空気ポンプだからね。メスを入れているときは息を止めてくれ」

だがそこで川口はおやっという顔をした。メスをいったん脇に置き、遺体に鼻を近付け、くんくんと嗅《か》ぎ始めた。

「この人は道に倒されて、暴行を受けたんだったね」

「ええ、そのようです。どうしましたか？」

「油の臭いがする。特に、頭髪の辺りから。きみも嗅いでみたまえ」

指示通りにしてみると、わずかだが石油系の臭いがした。

「ガソリンですかね」

「死ぬ直前についた臭いだろう」

久我は男が暴行された現場の映像を頭に思い描いたが、臭いの元となるようなものは見つけられなかった。

「服も調べなければなりませんね。県警に言っておきます」

「頼むよ。私のほうは髪の付着物を調べておくから」

法医はそう言うと、遺体に向き直ってメスを入れた。肩から胸にかけ、Vの字に血がにじんでいく。さらに血の赤い線はへそをわずかに避けて下腹部に向かい、胸腹部がたちまち全開にされた。久我は恐れず、凝視することに努めた。

ベテラン法医は慣れた手つきで動脈を切り離した肝臓を持ち上げながら言った。

「ああ、死因はこれだ」

肝臓が黒ずんでいるのが久我の目にも分かった。

「肝硬変だな。B型かC型かのウイルス感染か。あるいは飲酒過多のせいか。検査しないとわからんが、たぶん、機能していたのはよくて半分だろう」

「まさか、病死ということですか？」

「きみ、何を言ってるんだね」

川口は久我をひと睨《にら》みすると、遺体の肝臓を取り除いた部分を見るように促した。そこには、小さな湖のような血だまりが見てとれた。

「もともと悪かった肝臓を痛打されたことが原因ですね」

「おっ、今度は察しがいいじゃないか。出血性ショックが死因だろう。これほどボロボロな肝臓だと、ケリ一発でこうなってもおかしくない」

そのことは殺意より過失、偶発的に死に至らしめた暴力である可能性を第一に告げている。

事件の裏にヤクザ世界の抗争の芽が潜むという池崎の見立てを否定するものだ。久我は警察内で孤立する警部補のがっかりする顔を思い浮かべた。

法医がふいに声をあげた。

「おっ、こいつは変だぞ」

被害者の右腕を持ち上げ、肘《ひじ》から下をかくかくと動かしている。

「どうかしましたか？」

「うん、さっき左腕を動かしてみたとき、死後硬直が始まっていて、こんなにスムーズには動かなかったんだ」

「右と左で、硬直の具合が違うのですか」

「明らかにそうだ。これだと、死亡推定時刻にもかかわってくる」

「右と左で死んだ時刻が変わるということですか？」

「まあ、そうなる。変てこな話だが、右のほうが少し長生きだったことになるな……うーん、わからん」

川口は腕を組んで考え込んだ。

「さて久我くん、きみはどう思う？」

そんなことを、検事が答えられるはずはなかった。

6

久我は被疑者の逮捕から二日後、警察から送致された通り、傷害致死容疑を用いて検事勾留を申請した。地裁小倉支部はこれを認め、十日間の取り調べ期間を得ることができた。

検事調べを始めるため、小倉中央署のロビーに鈴木とともに足を踏み入れたとき、中年の男が近づいてきた。初めて見る顔であった。にもかかわらず、男は久我の名を知っていた。

「検事の久我さんですね」

「そうですが、あなたは？」

「神戸でこんな会社をやっています」

男が差し出した名刺にこうあった。

タニヤマ・リサイクルズ
代表取締役社長
谷山正剛《たにやませいごう》
久我はピンと来た。

「企業舎弟の方が、私に何の用ですか？」

フロント企業のように暴力団と直接の資本関係はなくとも、協力関係のある会社がそう呼ばれている。

谷山は薄笑いを浮かべて言った。右の頬に殴られたようなアザがあり、それが堅気《かたぎ》には見せない効果をまざまざと発揮していた。

「私どもの会社を企業舎弟と呼んでいただくとは、率直な検事さんですね……おっ、そうでした。まずは社員がご迷惑をかけたことを捜査関係の方々に謝罪しなければなりません」

「それはそれは、ご丁寧なことですね。まるで彼らの犯行に自分が関係しないかのように話している」

谷山は「いえいえいえ」と言って、首を横に振った。

「彼らは身分上、うちの社員なんですよ。私どもは普通の会社のように見捨てたりすることはできません」

「あなたの会社はどんな仕事を？」

「建設残土の処分をゼネコンさんから請け負っています。震災の復興事業にも参加させていただいているんですよ」

「彼らに見捨てないと伝えたいなら、弁護人を通してもらえますか。それとも、あなたも事件の関係者なのですか？」

久我は突き放すように言った。

「私はたまたま営業で福岡に来ていて、折悪《おりあ》しく会社の者がこんな馬鹿なことをしでかした次第です」

「それであなたの用件は？」

「見当違いの捜査をやめてほしいと思いましてね」

「見当違い？　さて、私には何のことだか」

谷山はそれ以上何も言わなかった。わざとらしく商売向けの笑みを浮かべ、去っていった。

鈴木が言った。

「どういうつもりなんですかね。気味が悪い」

「いつものことだ」

「は？」

「怖がらせるか、気味の悪い思いをさせるか。あの手の連中は、そうやって人の心を操《あやつ》ろうとするんだ」

「くそっ、我々がびびるとでも思ってるんですかね」

被疑者二人の取り調べは二日間の警察による勾留期間を終え、十日間の検事勾留に入った。満期までに起訴をするか、もしくはさらに十日の勾留を裁判所に求めることができる。

久我が鈴木を連れて中央署の刑事部屋に入ったとき、刑事課長の黒木が初期的な捜査の成果である調書類をそろえて待っていた。

会議テーブルの一席に腰を降ろし、目を通した。偶発的にケンカになったとする被

疑事実について、

〝たまたま肩がぶつかった〟

〝相手がよけようとしなかった〟

〝睨み合いから口論になり、先に向こうが手を出し……〟

といった被疑者の口から出た説明が並んでいた。傷害致死罪の要件があますところなくちりばめられており、完成度の高い調書に仕上がっていた。

久我が「申し分ないできです」とねぎらうと、黒木はこくりと頭を下げ、安心したように言った。

「ジギリではないと思います」

ジギリとは、自切り。ヤクザの世界では通った隠語である。刑務所に入ることを覚悟で犯罪に手を染める行為を言う。見返りとして、刑期を終えた後に幹部の道が待っている。

刑事課長は、二人が企業舎弟らしき会社の社員であることは間違いないものの、被害者の富岡と闇商売の利権争いをした形跡はうかがえないと説明をした。

「さっき、谷山という人に妙なあいさつを受けましたよ」

黒木は「はあ」とため息をついた。

「じつは池崎がやらかしましてね」

「どういうことですか」

「参考人として呼んだんですよ。情報担当のくせに我々の頭越しに事情聴取しやがって、『どこの組のもんだ』なんて吠えて怒らせてしまった。あのバカが……」

久我は天を仰いだ。証拠もなしに疑いをかけることは、相手に「警察から嫌がらせを受けた」と主張する根拠を与えることになりかねない。今後、聴取拒否の理由にされる恐れもある。

黒木が渋い顔で続けた。

「それにしても谷山という野郎、検事さんまで待ち伏せするとはいい度胸だ。でも、どうして久我さんの顔を知っていたんでしょうか」

署のロビーで谷山は迷いも見せず近づいてきた。久我は改めて鈍い光をたたえた男のまなざしを思い出し、ますます薄気味悪くなった。

「まともな民間企業のふりをしながら、切った張ったで急場をしのぐのが連中のやり方なんでしょうね。前科は？」

「谷山正剛の名と法人名をデータベースで調べたところ、何も出てきませんでした。建設残土の処理を請け負うヤクザ系の会社なら、不法投棄で一度ぐらい捕まっていてもおかしくないのですがね」

「なるほど、まったくしっぽをつかませないとは、経済ヤクザの優等生かもしれませんね」

暴力団対策の喫緊の課題は、都道府県の公安委員会による「フロント企業」の指定を巧妙に逃れるケースだ。資本的、人的なつながりを表に出さないようにして、公共事業にも参入した事例が報告されている。行政側がたとえ正体に気づいたとしても、排除する理由を見つけられないという問題も長年にわたって横たわる。

そのとき、うわさの人物が刑事部屋にずかずかと踏み込んできた。池崎だ。青白い顔のなかの目だけが赤く充血している。

「久我さん、やつら、ジギリです。神戸から攻めこんできたんです」

黒木が怒鳴った。

「お前、まだそんなたわごとをほざくのか」

「何か狙いがあるんだ。偶然、ヤクザ者とヤクザに縁のある男が朝っぱらからケンカになると思いますか。小さくまとめたら、やつらの思うつぼや」

「なに！　小さくだと」

「ああ、そうよ。あんた、事件を矮小《わいしょう》化して楽をしようとしとるんやろう」

「ヤクザ映画じゃないんだ！　逆さまに物事を見るのもいい加減にしろ」

「逆さまはあんただろう！」

「このひねくれもんが」

「この野郎！」

池崎はついに刑事部屋に響き渡るほどの怒号を発し、黒木の背広の襟につかみかかった。そのまま至近距離でにらみ合っている。

久我は自分が鎮静剤になるほかはないと思った。

「おい、手を離せ。離すんだ」

だが、彼に耳を貸すそぶりはない。顔を真っ赤にして「ふぅ、ふぅ」と息を吐いている。

「わかった。仕方ない。きみを暴行の現行犯で逮捕する」

池崎はぎょっとして久我を見た。

「鈴木くん、手錠を借りてきてくれ」

「は？」

「早く借りてこい」

鈴木は近くにいた刑事から遠慮がちに手錠を借りると、池崎の両手にガチャリと音を響かせてはめた。

久我は取調室を一つ借りると言い置き、池崎を連れて刑事部屋を出て行った。

残された黒木はきょとんとしていた。

7

「おい、あんまりだぞ」

久我は調べ室で腰を降ろすなり、向かい側に座る池崎に言った。

「何のことですか」

「黒木警部への態度だ」

「どう言ってもわからない人間には強く出るしかないでしょう」

池崎は反抗心のにじむ険しい目を向けてきた。

久我は「お前なあ……」とつぶやいて言葉を切った。数秒、無言の時が流れた。

「何ですか、おれの顔をじろじろと見て」

「咽《のど》から手錠が出てる」

「は？」

「わからないか。欲しくてたまらないものがあるときは、咽から手が出ると言うじゃないか」

「かぁー、いきなりギャグできますか。でも、そう、おれは確かに谷山を逮捕したくてたまらず、署に呼んだ。で、咽から手錠……久我さん、そのネタけっこう使えますよ」

「だろ？」

久我は眉根にしわを寄せ、頭をかきながら言った。

「おれも谷山は事件に何らかのかかわりがあると思っている。しかし、聴取に踏み切るにはいかんせん準備不足だ。とぼけられたうえ、こっちが背後関係を何もつかんでないことを教えてやっただけだろう」

「説教ですか」

「まあ、そんなところだ」

久我は一呼吸置いて言った。

「感情知能って知ってるか？」

彼は一瞬ぽかんとして聞き返した。

「感情に脳みそがくっついてるんですか」

「どうも、そうらしい。おれも見たことはないんだけどな」

「どうしたんですか、その、感情何とかが……」

池崎はいらいらした素振りを見せた。

「この間、犯罪心理学の研修に嫌々行ってきたんだ」

「そうでしょ、久我さん、座学だと寝ちまうんだもんね」

久我は苦笑いした。

「またその話を持ち出すのか。しつこいぞ。だがきみの言う通りだ。感情知能ってところ以外、どんな講義だったか思い出せない」

池崎はリラックスしたのか、頬の赤みがだんだんと薄らいでいった。そのようすをじっくり眺めたあと、久我はなおも呑気な口調で続けた。

「感情知能というのは、自分や他者の心の状態を認識して感情を調整する能力のことだ。おい、池崎、きみの調整能力はなぜこれほどまでに壊れてるんだ？　おれに隠していることはないか」

彼は急にぱちぱちと瞬《またた》きをしたあと、しばらく押し黙った。久我の視線を避けたまま一つ大げさにため息をつくと、「久我さんにはかなわねえ」と漏らした。

ややあって、腹をくくったように話を始めた。

「おれの母親は指がないんです。左手の指が五本ぜんぶ……」

「何があったんだ？」

「十五年前、暴排運動のリーダーをしていた人が経営するレストランに手榴弾が投げ込まれた事件があったでしょう」

「店のなかにいたのか」

「ええ、母はバイトで皿洗いをしていた。一発目が爆発し、客とウェイターが吹っ飛ばされた。母が二人を助けようと駆け寄ったとき、二発目が爆発した。死者は出なかったものの、母もほかの人たちも大やけどをして、後遺症に苦しんでいます」

久我は当然、概要は知っていた。白王会の組員が実行犯として起訴され、そののち、何年もの総力をあげた捜査で会長の指示を特定した。

「頂上作戦でトップを逮捕してから、もうすぐ五年になります。日本じゃないような危険な都市が、やっと平穏を取り戻そうとしているんです。でも暴力利権の半分は消えていないんですよ。いつどんな形で復活してくるか、わかったもんじゃない」

久我は、県警の暴力団対策本部が出している月報で、構成員が半分に減ったために白王会本部への上納金も半分に減ったとする調査報告を読んだばかりだった。

「心配していることはよくわかる。どこかの組が、この街の利権を漁《あさ》りに来ると思っているんだな」

「必ず来ますよ。やつらはカネの臭いがするところには、どんな手を使ってでも入り込んでくる」と、吐き捨てるように言った。母の仇《かたき》への敵意に満ちたまなざしを、そのまま久我に向けてくる。

その視線を避けず、久我は大きく息を吐いて言った。

「きみが警察官になったのは、暴力団を徹底的に排除したいからなんだな。お母さんのような人がもう増えないように」

池崎はこくりと頷いた。

「昔のおれは片親の貧乏暮らしで、中学の進路志望調査の紙に白王会と書くようなスネたガキでした。だけど、手榴弾がおれを変えた」

久我はかぶりを振った。

「気持ちはわかる。きみの見立て通り、二人の被疑者は体よく会社員の身分を持っているだけで、ほんとうはヤクザであることも恐らく間違いはない。ただし、集まった事実はジギリなんてものをまったく物語ってないんだ」

彼はうつろに視線をさまよわせたあと、力なく頭《こうべ》を垂れた。

「わかったということか?」

念を押す久我に彼は「はい」と納得したように答えた。

だが久我の追及は終わっていなかった。

「おれはきみに、最初に何と聞いた?」

「隠し事はないか、ですね」

「話してくれないか」

池崎は観念したように承諾し、きっぱりした口調で言った。

「白状します。おれは双極性障害です。街のクリニックで二年前に診断を受け、薬を処方してもらっています」

躁《そう》と鬱《うつ》が繰り返される心の病だ。躁と鬱両方の治療と予防に効果のある薬を、長期間にわたって服用する必要がある。

「やっぱり、そうか」

久我はようやく得心《とくしん》することができた。海水浴への誘い、クレデンザという業者に異様な鼻息でフロント企業として狙いをつけたこと、そしてトドメがきょうの黒木への横暴な態度である。すべてが常軌を逸している。

背中を丸めてうつむく池崎に、久我は「今はどのあたりだ?」といたわるように聞いた。

「躁のはじめくらいです」

「はじめ? あれでも、はじめなのか」

「ええ、もっとひどい時があります」

「もしかすると、おれを海水浴に誘いにきたときがそうだったのか」

「ええ、確かに。あれはピークでした。だって、どう考えたって、久我さんとビーチに行くなんてありえない」

池崎は手錠をされてから、このとき初めて笑った。

久我は検事として通告しなければならないことを思い出した。

「きみを不起訴処分とする。釈放だ」

そう言って、手錠の鍵を渡した。

8

久我は被疑者の勾留をさらに十日間、延長した。検事や警察官はこれを仲間内では「2勾」と呼ぶ。その略語を上司の文句のなかで、口うるさく聞かされることになった。

「久我くん、いったいどういうことだね。伊沢、山辺の両被疑者は罪を素直に認めているじゃないか。2勾が必要なんて思えないよ」

副支部長の葉山は怒鳴り散らした。執務室のドアを開けたまま、自分の権威を外で聞き耳を立てる事務官らにたたきこもうと、わざと大声を出しているのがみえみえであった。

「まだ不明な点があります」

「どういうことだ？　賭博開帳なら、裏が取れないため送致を見送ると私のもとにも報告が来ている」

久我は正直に話すことにした。

「犯行後、なぜ逃げなかったのかがわからない。今度の勾留で、そこをはっきりさせてから起訴するつもりです」と言った。

「なに、そんなことで」と葉山は言葉を切った。ややあって「彼らはその点について、どう言ってるんだね」と聞かれた。

ありのままを答えた。

「質問はしていません」

「どうして?」

「踏み込んで行く材料を探しているところです」

「おいおい、きみの調べは、ちょっと悠長《ゆうちょう》なんじゃないか。まさか、事件をだらだらと引き延ばしてサボるつもりじゃないだろうな」

「私はサボってはいません」

久我は軽く首を横に振って否定しつつ、葉山がいきり立つ理由に察しをつけていた。勾留満期の日が秋の連休にかかっている。恐らく決裁のために支部に出勤するのが嫌なのだ。

支部に赴任し、葉山に初めて会った日の会話を思い出していた。冬は大分の九重でスキー、夏は宮崎の青島海岸でサーフィン、ゴルフは一年中どこでもできると話し、「きみも九州ライフを満喫したまえ」と言われたことである。この怒りが示すところは、つぶれかねないゴルフ旅行にあるにちがいない。

そのとき、ドアの方向から女性の声がした。

「誰がサボっているんだって？」

振り返ると、検察幹部の定年延長に反対するデモが行われた日、デモ隊の後ろで少しばかり話をした人物が部屋に入ってきた。

葉山の顔色が変わった。

「検事正、急なご出張ですか。いやいや、言っていただければ迎えを寄越しましたのに」と恭《うやうや》しく手もみを始めた。

久我がぽかんとしていると、葉山が福岡地検の常磐春子検事正だと紹介した。

彼女は久我を認めると、「おや、あなた、デモに参加していた検事じゃないか」と言った。

「なに！　あのデモに参加していただだって……まさか、きみがそこまで組織に反感を抱いているとは」

困ったことになったと思った。久我は司法試験を四浪していた。いくらいい仕事をしても、出遅れが取り返せず、検察官の出世コースとは反対側の道を歩いてきた。自分では大して気にしていないものの、他者から不満分子と思われかねないことを葉山の言葉は物語っていた。とすれば、面倒なことである。誤解がいっぺんに二つもわが身を取り巻いている。

だが常磐の顔をうかがうと、薄くほほ笑んでいた。彼女は来客用のソファに腰を下ろすと、一呼吸おいて言った。

「うん、いいんじゃないか」

葉山はきょとんとした。

「反検察運動をすることがですか」

「勾留延長だよ」

「へっ」

「熱心なことじゃないか。納得するまで調べたいってことだろ?」

久我は頷いた。

「きみ、名前は?」

「久我周平です」

「うん、いい名前だ。仕事のほうも頼むよ。ところで、久我くんの事件には、どうして2勾が必要なんだい?」

久我は少し考えたあと、短い言葉できっぱりと言った。

「見えていない全体があります」

常磐は一瞬、あれっという顔をした。

「見えていない全体ねえ。前にもどこかで聞いたなあ」

久我がぼけっとして見つめていると、「まあ、いいや」と言った。

彼女がほがらかだったのはそこまでで、ふいに厳しい視線を向けてきた。

「国民のために使わなければならない検察官の時間を十日も使うわけだから、必ず満足のいく結果を出すこと。私は甘くないよ」と、突き放すように言った。

久我が取調室に入っていくと、伊沢満彦は強面《こわもて》の顔にわずかながら安堵をよぎらせた。

「伊沢さん、あなたとは三日ぶりか」と、取り調べにあたる検事はあいさつから切り出した。

「数えとらんわ」

伊沢はぶっきらぼうに返事をし、首の刺青のある部分を掻《か》いた。

久我はなめられたもんだと思った。だがそれでいい。こんな態度をとってもらうために最初の十日間の勾留を使ってきたからだ。警察がとった調書をなぞる質問ばかりしてきた。

経験上、ヤクザ世界に身を置く者が捜査官に向ける感情は敵意しかない。それをどうやって和らげるか、別の感情にすり替えられるか。久我はそれが暴力団関係者への取り調べの要諦《ようてい》だと位置づけている。

敵意がなくなったとはいえないものの、伊沢のなめた態度には油断がうかがえる。

久我は正面突破に入るタイミングが来ていると確信した。

あえて、とぼけた口調でささやいた。

「きみたちが被害者を痛めつけた場所に行ってきた。イチョウの葉が散っていたよ。きれいだったな」

伊沢はバカにしたように笑った。

「それがどうしたんや？」

「黄色い葉っぱが舞っている景色が頭から離れないんだ。きみたちが暴行を働いた路地はイチョウに遮られて、人通りのある商店街からはまるで見えない」

調べ官に向ける被疑者の瞳に、みるみる敵意が宿るのがわかった。かと思えば、黒目がきょろきょろと動き出し、見つめる場所を探すように視線をさまよわせた。

「暴行を認めれば、われわれが目撃者を探さないとでも思ったのか」

ぎょっとした表情が被疑者の顔をよぎった。明らかに目の前の検事に警戒心を膨ませている。そのことは隠しごとの影を灰色から黒色にした。

その後、伊沢は何も答えなくなったものの、カンは取れた。きょうのところはそれで十分だと思った。久我は黙り込む伊沢を調べ室に残し、廊下の反対側にある別の取調室にはしごした。そこでは山辺貴久が待っていた。

黒木警部の報告によれば、山辺は伊沢と同じ年齢の二十六歳ながら、谷山正剛の残土処理会社への入社は伊沢より半年ほど遅かった。伊沢を「兄貴」と呼ぶ関係にあるという。

山辺は骸骨をあしらったオラオラ系のドレスシャツを着ていた。しわが寄り、骸骨のほうは勾置疲れの表情を浮かべているものの、山辺本人は久我を見るなり厳しい目つきになった。兄貴分よりも組織の施した洗脳がきついように思われた。

久我は同じ質問はしなかった。

「谷山って、いったよな。きみは彼のことを何と呼んでいるんだ」

「社長や、社長に決まっとるやろ」

組織のトップを配下の者が何と呼ぶか――。都道府県の公安委員会が暴力団として指定するとき、そんな細かなことの一つ一つが根拠にされる。親分や頭《かしら》といった呼称は決して口にしそうにない。社員になって半年にしろ、「社長に決まっとるやろ」という答えからは谷山の暴対法に対する訓練が行き届いていることが察せられた。

兵庫県警への問い合わせでは、谷山のバックにいる組織は不明との返答だった。巧妙に資金の流れを隠して、上納する仕組みがあるのだろう。

二人の被疑者から、見えない全体があるという確信を抱くことはできた。だが、肝心の手がかりは何一つ見つからない。どうしたものか？　焦りに似た感情が心にしのびこもうとしたとき、久我はふと山辺が着ているオラオラ系の柄シャツに目を留めた。池崎とのやり取りを思い出していた。

〝どこにそんなものが売ってるんだ？〟

〝うわさではヤッら御用達の専門店があるらしいですよ〟

そこから背後の暴力団の名をあぶり出せないだろうか。久我は取調室から出ると、真っ先に池崎の携帯を鳴らした。

9

被疑者の二人にうんともすんとも言わせられないまま、勾留期限は残すところ五日になってしまった。その日の勤務が始まって一時間もした頃、久我の部屋に副支部長の葉山が不機嫌な顔で訪れた。

「県警本部の刑事部長から電話があって、中央署が戸惑っていると苦情を受けたよ」

「どういうことですか？」

「きみがなかなか起訴しないからに決まっているじゃないか。処分が決まらないと、刑事課だって捜査員に休みをやれない。彼らはきみが何ら指示を出さないために、ぶらぶらしていると聞いたぞ」

久我が押し黙っていると、「きょうかあした起訴してもいいんだぞ。中央署が送ってきたように、ただのケンカということでいいじゃないか。遺族が真相究明を求めるわけではないし、何も問題ない」と、プンプンした口調で言った。

久我はあからさまにムッとした顔を見せて反論した。

「そういう問題ではないんです。組織犯罪が隠れていた場合、市民の安全がふたたび脅《おびや》かされることになります」

「かあー、何が組織犯罪だ。僕はね、常磐検事正にあれはきみの独りよがりの妄想でしたなんて伝えなければいけない立場なんだよ。できれば、そんな言い方はしたくない。わかってるのか？」

自分の伝え方によって、人事に影響しかねないと脅しているのだ。だが久我は下手《したて》に出て、へいこらすることはなかった。

「まあ、見ててください」と手短に返した。

「何だね、何か証拠が出てきたのか？」と彼は聞いたが、久我は答えなかった。葉山は生意気な男だと言いたげに一睨みして部屋を出て行った。

鈴木が心配そうな顔で言った。

「あれは署員の休みがどうのと言いながら、やっぱり自分のゴルフが中止になることに腹を立てているんですよ」

「だろうな」

「久我さん、見返してやりましょうよ」と鈴木は自信ありげに力を込めた。

事件の背後がうっすらとだが見えてきていたからだ。検事と事務官は副支部長が来る直前まで、午後に予定する捜査会議の打ち合わせをしていた。

そのときだった。庁舎に届いた久我あての封筒を開いていた鈴木が「あっ」と声をあげた。

「どうした？」

彼は何枚かの写真を凝視し、固まっていた。

「これ、菜穂ちゃんじゃないですか？」

久我は立ち上がり、奪い取るように写真を手に取ると、全身に冷気が走るのを感じた。けさ早く家から出て登校する菜穂のようすを写したものだった。

封筒からはメモ用紙のようなものに走り書きがあった。

〝見当違いの捜査をやめろ〟

どこかで聞いたセリフがただ一行記してあった。

久我は娘の安否を確かめようと、中学に電話をかけた。担任はすぐには捕まらなかった。電話を受けたのは事務の職員で出欠は教師に聞かねばわからないとの返事だった。いても立ってもいられず庁舎を駆け足で出て、タクシーを拾った。シートに座った十分ほどの時間が長く感じられた。

中学の前で降りると、急ぎ校庭に駆け込もうとした。だが格子状の鉄扉に遮られた。かつて小中学校の門扉は開け放たれ、自由に出入りできたものだが、大阪で凄惨な児童殺傷事件が起こって以来、閉ざされていることを忘れていた。

仕方ないこととはいえ、いらいらしながらインターホンを探し、事務職員の女性に保護者であることをマイク越しに告げて解錠してもらった。校舎に入ると、菜穂のクラスを探した。

「3年1組」と印字されたプレートを見つけたとき、いつもの授業風景がないことにようやく気づいた。きょうは文化祭なのだと。黒板のところに大きな貼り紙がされ、「アニメで一句　俳句大会」と催し物を示す文字が目に飛び込んできた。

たしか菜穂は司会をやると言っていた。だが、マイクを持ってしゃべっているのは別の女子生徒だった。どこに目を凝らしても娘の姿はない。

担任の男性教師が久我を見つけ、少しおろおろしながら近づいてきた。

「保護者の方ですか」

「ええ、久我菜穂の父です」

そう名乗った瞬間、教師の緊張が緩んだ。

「担任の森本《もりもと》です。申し訳ないのですが、文化祭は保護者の方には見学を遠慮していただくことになっています」

「いや、先生、私はそういう用事で来たのではありません。菜穂に少し心配事がありまして。娘はどこにいるのでしょうか？」

「ああ、それでしたら」と森本は急に笑顔になって納得顔をした。

「お父さんが着替えをお持ちになったんですね」

「えっ？」

「あれっ、その件じゃないんですか？　きょう菜穂さんは体育祭と間違えたらしくて、体操着で登校したんですよ。いったん帰って着替えてくると言って、三十分くらい前に校門を出ていったばかりです」

家に電話すると、多香子が出た。菜穂が無事に帰宅したことを確認すると、娘に電話を代わらせた。

「だいじょうぶか、変なことはなかったか？」

「変なこと？　変なことなら今、起きているよ」

「おれが学校から電話していることか」

「そうに決まってるじゃーん」

久我は素っ頓狂な娘の声を聞いて、心の底からホッとした。

10

午後の会議は地検支部で開いた。

中央署から黒木と池崎、国税からは法人調査部長の山本に来てもらった。警察の二人は隣り合わせに座らず、山本を挟む形になり、彼をいささか戸惑わせた。

遠慮がちに山本は口にした。

「池崎さん、家具屋の件では成果がなくて申し訳ない。神戸でもマル暴に強い調査官が走り回ってくれたようなんだが」

黒木が、それ見たことかという顔をした。「お前の思い込みで国税さんにまで迷惑をかけてしまった。反省しろ」

池崎は山本へ一礼したあと、黒木に血走った目を向け、「まだ片が付いたわけじゃありませんよ。おれ自身の手で突き止めてみせます」と言い放った。

久我はそのようすを見て、安定剤は効いているのだろうかと心配になった。

そのとき、最後の会議のメンバーが部屋に入ってきた。被害者の司法解剖を担当した市立医大法医の川口教授である。捜査方針を決めるのに、司法解剖の報告書では足りないと久我は考えたのだ。

川口と山本が顔を合わせるのは初めてだった。名刺を交換した相手の職業を知るやいなや、歌人は一首披露しないではいられなかった。

「新しき源泉課税の拡がりをおもひ居《お》りつつ廻診《かいしん》すます」

鈴木が聞いた。

「先生の作ですか？」

歌人は「いやいや、私は死体専門だから往診はしないよ」と首を横に振った。

「かの斎藤茂吉の作だよ。茂吉は医者で、病院の経営者でもあった。患者の家を回っている間も、給与から税を天引きする新しい申告制度が頭から離れなかったんだろうね。源泉徴収が始まったのは太平洋戦争の開戦前年、一九四〇年のことだよ」

山本は「素晴らしい」と拍手を送り、ややかすれた太い声で讃辞を贈った。

「茂吉にまさか、税金の歌があるとは税務署勤めの私でもまったく知らなかった。徴収を強化したのは戦費の調達なんでしょうなあ。勉強になります。先生の謦咳《けいがい》に接することができて光栄です」

久我は、山本が空気を察してムードメーカーを買って出てくれたのだろうと思った。おかげで黒木と池崎の表情がいくらか和らいでいる。持つべき者は酒飲みの仲間だと感謝しつつ、この調子の良さでは山本の歌会行きは必至だろうと思った。

全員が落ち着きを取り戻すのを確認すると、久我は会議の本題に入った。

「きょうはお集まりいただき、ありがとうございます。ここにいるみなさんとそれぞれ連絡させていただき、私なりに一つの見解に達しました。これから関係者全員で確認作業をしたいと思います」

黒木が怪訝な顔つきになった。

「傷害致死じゃないのか。私らの捜査が間違っていたということですか」

久我は頷きながら、不安げな刑事課長をなだめるように言った。

「これから黒木さんにも新たな証拠を見てもらいます」

それが合図となって、鈴木が机に一枚の上着を広げた。被害者が着ていたカシミヤのジャケットである。

「科捜研の調べで、左腕から化繊の微物《びぶつ》が検出されました。車の床に敷かれているカーペットの繊維素材に用いられることが多いものだということです」

黒木が不安なまなざしを向けてきた。

「その報告なら私も受けています。被害者の富岡はふだんから車を乗り回しているので、服を床に落とした可能性もある。特別なことには思えませんが」

「ここからが、私の出番のようですな」と言って、立ち上がったのは川口である。経験豊富な法医は解剖台で富岡の腕を触ったとき、左腕は死後硬直が始まっていたのに右腕の関節が柔らかく動いていたことを説明した。

「死体は温度が上がると、死後硬直が早まるんだ。つまり左腕は何かで暖められたとしか考えられない。私の考えでは被害者は現場に運ばれる前、左半身を下にして寝かされていた。その場所がエンジンの熱が伝わる車の床なら、遺体の状況がぴったり合う」

池崎が口を開いた。

「そうか、ワゴン車のように後部座席がたためる車種なら、遺体を寝かせることができる。だから繊維がくっついていた。そうですよね」

「ということは、犯行現場は別にあるということか」

黒木が目を白黒させた。

久我は落ち着いた口調で切り出した。

「じつは、ある筋からの情報で事件は急展開しました。池崎くんの認識で間違いありません。だが、理由を明かす前に、山本さんに神戸の壱橋組《いちはしぐみ》の情報を説明してもらいます」

山本はカバンからファイルを取り出すと、中から組長の壱橋和馬《かずま》名義の土地・建物の登記簿謄本《とうほん》の写しを引っ張り出した。

「ここの抵当権者の名前を見てください」

黒木と池崎が同時に「おぉ」と声をあげた。抵当権とは金の貸し借りで、貸した者が返済不能になった場合に備え、相手に土地や建物などを担保に差し出させることだ。

謄本には債権者として富岡の名があり、壱橋の借入額は三千万円と記されていた。

　山本が説明を続けた。

「この土地、建物は壱橋が組事務所として使っている不動産です。私もヤクザの金の流れを追いかけた口ですが、こんなのは初めて見ました。兵庫の税務官を法務局への手続きをした司法書士のもとへ行かせたところ、依頼者は富岡に間違いないということです」

　黒木が登記簿の記載をのぞき込みながら「こりゃ、怒るわ」とつぶやくと、池崎がすかさず同調した。

「壱橋は富岡から赤っ恥をかかされたんや」

「ん？　それはどういうことかね。池崎くん、解剖室に閉じこもっている私にもわかりやすく説明してくれないかな」と、川口が聞いた。

「組関係者はおたがいの顔を立てて、金の貸し借りでこんな銀行みたいなことはやらない。富岡は民間人といっても、バックは白王会だ。こんなことをするのは壱橋からみれば仁義に反するわけです。組が借金まみれになっていることを言いふらされたようなもんですからね」

　だが、川口はまだ腑《ふ》に落ちないようすで首をひねった。

「富岡はなぜ仁義にもとるまねまでして抵当をほしがったんだろう」

よくぞ聞いてくれたとばかりに池崎が身を乗り出した。

「白王会が崩壊しそうになっているからだと思います。バックの組織が揺らぎ、壱橋に踏み倒されるんじゃないかと気が気でなかったにちがいない」

しばらく黙っていた黒木が口を開いた。

「壱橋には富岡を殺害する動機がそろっている。メンツをつぶされたことへの怒り。そして借金を帳消しにするために、殺し屋を送り込んできたのかもしれませんね」

久我がふいに池崎を肘で小突いた。

「おい、壱橋組といえば、もっと説明することがあるんじゃないか？」

「あっ、そうだ」と池崎は気がついたように言った。

「組の構成員は上部組織の分裂で冷や飯を食わされ、いつ凶暴化してもおかしくないと聞いています。たしか配下の風俗店をどんどん敵側に取られ、上納金が減っているという話でしたね。夏の暴対官の報告にそんな情報が盛り込まれていました」

「思い出したか？」

「何だ、久我さん、寝てたかと思ったら、ちゃんと聞いてたんだ」

「まあな。もう一つ、きみにとって気に障ることを言えば、オラオラ系の服を売る店も壱橋組のシマにある。単純に地元の暴力団とつながっていたんじゃないか」

池崎は、久我から被疑者が着ていた服をたどって背後の組を突き止めるように命じられ、シャツのタグから販売元の店を特定したものの、組の名前を聞き出すことには失敗していたのだ。

「チキショウ、やっぱりヤクザ御用達の店だったのか。あの店主のオヤジ、いけしゃあしゃあとうそつきやがって。そんでもって久我さん、こんなところでおれに恥をかかせて、うれしいですか？」と毒づいた。

「先輩に無礼なふるまいをした罰だ」と、久我はさらりと言って黒木警部を見た。彼は薄く笑みを返して、「どうも」と言った。

久我はそろそろいいだろうと思い、解明すべき構図のまとめに入った。

「つまり、富岡は明確な意図の下に殺害された可能性が高い。どこかで死ぬまでいたぶられ、車の床に左を下にして寝かされた格好で遺体発見現場まで運ばれて来た。川口先生、エンジンで左半身が暖められていたのはどのぐらいの時間でしょうか」

「うん、だいたい一時間というところだな」

久我は確信に満ちた顔で続けた。

「伊沢と山辺は通りすがりのケンカを装うために車で走り回ったあげく、人目につかないイチョウの大木の陰にたどり着いたわけです」

黒木が悔しそうに、拳でドンと机をたたいた。

「くっそー、なんてこった。おれは間違っていたのか」

しかしここで、最も冷静だったのは殺しの門外漢である山本であった。

「ですが、久我さん、車はどこにいったんでしょう。それに運転手が必要じゃありませんか。もう一つ、殺害の実行犯は会社員ということになっている。壱橋組の息のかかった者であることをどうやって証明するんですか？」

一同が久我の顔をのぞき込んできた。二人の被疑者が口を割らないかぎり、立証は容易ではないという懸念が誰の頭にもよぎった。

久我はそれを察すると、落ち着いた口調で言った。

「運転手が名乗り出てくれました。それがさっき言った急展開です。実行犯と壱橋組との関係についても、勇気を持って証言してくれるそうです」

そのタイミングを見計らったように鈴木がいったん部屋を出て、一人の中年男を連れて戻ってきた。

久我が紹介する前に、黒木や池崎はあっけにとられたようすで口をぽかんと開けた。

「こちらは、谷山正剛さんです」

実行犯を雇用する会社の社長は無言のまま、その場で深々と頭を下げた。

11

娘との電話を切るなり、久我は首筋に浮いた汗が去って行くのを覚えた。ほっと息をつきながら校庭を出ようとしたとき、自分のしでかした粗相に気づいた。慌てるあまり門扉を閉め忘れていたのだ。

ちょっぴり羞恥を覚えつつ、スライド式の鉄扉を動かすと、閉め切った瞬間にガチャリという施錠の音がした。その金属音が不意に、中央署の刑事課で池崎に手錠をかけたときのことを思い出させた。

黒木と池崎の怒鳴り合いが耳朶《じだ》に響いてきた。

〝逆さまに物事を見るのもいい加減にしろ〟

〝逆さまはあんただろう!〟

それが自分に浴びせられた非難のような錯覚に陥り、写真に同封されたメモを見返した。

〝見当違いの捜査をやめろ〟

ハッと胸をよぎるものがあり、正反対の方角から眺め回してみた。すると、脅迫めいたまねをした者の意図が逆転した。被疑者の背後関係を追及することをやめさせたいのではなく、傷害致死に小さくまとめようとしている姿勢を批判しているのではないか。

久我は記憶倉庫に入り直し、谷山と中央署のロビーで交わした会話を探し出した。

〝彼らは身分上、うちの社員なんですよ。私どもは普通の会社のように見捨てたりすることはできません〟

言葉のニュアンスを細かく慎重に振り返れば、泣く泣くヤクザ者を雇用させられている経営者の嘆きに聞こえなくもない。不祥事を起こしても、暴力団組織が怖くて解雇などの措置が取れない。私の会社は普通の会社ではない、闇に浸食された企業なのだという切実な訴えに反転していった。

思わず目を閉じ、眉間を強く指でもんだ。何かの結論に行き着いたときに見せる癖である。

名刺入れから目的の一枚を取り出し、記載された携帯番号にかけた。ついさっきまで敵にしか見えなかった男は待っていたように電話に出た。すぐに彼が宿泊している小倉駅近くのホテルを鈴木とともに訪れ、誰にも見られることなく事情聴取した。

谷山はまず謝罪から始めた。

「お嬢さんの写真のこと、深くお詫びします」

久我は駆けつける間に、谷山の置かれた状況を考え続けてきた。娘をダシに使われたことに決して小さくはない怒りの火を胸に宿していたが、心のこもった態度で謝罪されたことにより、それも跡形もなく消えた。

「あなたも、怖い思いをして生きてきたんですね」

「ええ、私には三人の子供がいます。上の二人が女の子、末が男の子です。壱橋組に逆らうと、どんな目に遭うか、びくびくしてこの三年を過ごしてきました。その気持ちを検事さんにわかってもらいたくて、あんなことをしたのです」

「三年前に何があったのですか」

「建設残土の運搬を委託したトラック運転手が、不法投棄をしたのです。すぐに運転手との契約を打ち切った。ところが、こいつが壱橋組と関係していて、壱橋が自ら契約の不履行だと怒鳴り込んできました」

「屈したんですね」

「はい、不法投棄をばらすぞと言われました。自治体から契約をもらったばかりで、経営をつなぐには仕事を失うことはできませんでした」

「そして、あの二人を押しつけられたのですね」

「おっしゃる通り、伊沢と山辺は幽霊社員です。仕事もしないのに、給料を払わなければならない。ふだんは顔も見ません」

「事件の日、何があったのですか」

谷山は組長の壱橋和馬からじかに電話があり、命令を受けたことを明かした。

「車を運転して小倉北区のホテルに行くように言われました。地下に駐車場があり、そこで伊沢、山辺と落ち合い、そしてそこにもう一人、亡くなった富岡さんという方がいました」

谷山の車は七人乗りで、二人は後ろの座席をたたんで床に富岡を寝かせたという。

「意識がないようだったので、私が運転席から容態を尋ねると、伊沢から『黙ってろ』と言われ、顔を殴られました」

彼は記憶をたぐり寄せるように一度は腫《は》れた頬をなでた。それから数十分の間、ホテルの近辺を走り回った。イチョウの大木が目隠しになる路地を遺棄場所に選び、三人を降ろすと同時に立ち去るように命令されたと説明した。

「私は何が起こったのかと気になって、しばらく待ってイチョウのそばに行ってみたんです。そのときです。あなた方の会話を聞いたのは……『久我さん』と呼ばれた人を見ると、胸に検事のバッジがついていた。それであなたが信用できる人かどうか確かめようと、後日こちらから声をかけさせていただきました」

ああ、それがあのときかと久我は振り返った。

中央署のロビーで、谷山からいきなり名前で呼び止められたのを思い出す。

「そうでしたか。イチョウのそばで刑事同士が言い争うところに居合わせたんですね」

「ええ、通行人のふりをして聞き耳を立てていたんです。そこで真相に迫ろうとする刑事さんがいることも知りました」

「池崎ですね」

谷山は大きく頷いた。

「久我さんや池崎さんに打ち明ければ、もしかしたら壱橋を逮捕してくれるのではないかと期待を持ちました。だけど警察が私の話を信じてくれず通報がばれようものなら、私は殺されるかもしれない。池崎さんの事情聴取を受けたときは、まだ気持ちが固まっていなかった。ヤクザの仲間のふりをしました」

久我は腹のくくりどころだと思った。

「谷山さん、ぜひ証人になってください。壱橋を必ず逮捕します。あなたとご家族の安全も守り抜きます」

12

伊沢、山辺を全面自供に追い込んだのは勾留期限をあすに控えた日のことだった。

久我は自白調書の出来や物証の数々を冷静に評価し、有罪をとれることを十分に確信しながら、殺人罪による起訴に踏み切った。

犯行現場はホテルの室内と断定された。冷蔵庫の下の隙間に飛び散っていた血痕が掃除係の目を免《まぬが》れていたことが幸いした。鑑識を送り込み、科捜研でDNAを解析したところ、被害者の富岡のものと一致したのだ。

それに加えて、谷山の客観性に富む生々しい証言もある。彼の自家用車の床から採取した繊維が、被害者の服に付着していたものと同一であることが科学的に裏付けられ、疑いようのない証拠に仕上がった。

かといって証拠の数々が被疑者を自白させたかというと、そうではない。むしろ国税局の協力が大きい。谷山の会社から振り込まれる給与の受取口となる口座を、名義人の二人が使用していなかったことを突き止めたのだ。

通帳とキャッシュカードは組長の壱橋の手元に置かれていた。金融機関に情報源を持つ税務官ならではの調査がものを言い、三年にわたる給与の総額は壱橋への提供資金として課税が可能という結論になった。

脱税容疑で査察を行えば、資産の差し押さえに加え、上納金など闇の収入を見つけ出して課税することもできる。取調官としての久我の役割は、税務署は怖い役所だと被疑者の二人にわからせることであった。

「まあ、きみたちの親分は身ぐるみはがされて一文なしになるかもしれないな」

こうつぶやくだけで十分だった。富岡から多大な借金をしていたように、壱橋組は上部組織が分裂して劣勢に立っていたため、懐事情は困窮していた。それを知らないほど彼らは愚かではなかった。

刑を務めたあと、帰る場所があるかどうか、もしくは幹部として処遇してくれる組長が健在かどうか。無理筋と計算したあとの二人の変わり身は早かった。富岡殺害が壱橋の指示であったことを、せきを切ったように打ち明けた。

壱橋は言ったという。

「息が止まるまで痛めつけえや」

殺意を裏付けてあまりある証言を得ることができた。

だが久我には一点、疑問があった。組長はなぜ誘拐、殺害、コンクリート詰めといった暴力組織ならではの荒っぽい手段を選ばなかったのか——。

伊沢はさっぱり思いつかないといったようすだったが、弟分の山辺のほうが明晰《めいせき》な推理を披露した。

親指を立てて言った。

「これが、ソウホンがどうとか言うとったわ。捜査本部のことやろ？　警察署にそれができると、刑事の連中が本気になるってな。あんたら、ただのケンカなら適当にしか捜査せんのやろ？」

久我は壱橋の狙いに感心せざるを得なかった。富岡が行方不明になれば、借金のことを知る誰かが警察にたれ込み、すぐに殺人の容疑者にされかねない。そこで組の構成員としては警察からのマークの薄い二人を使い、殺害を実行させ、ケンカによる不慮の死に見せかけようとしたらしい。

さらに壱橋は犯行を引き受けた見返りとして、彼らを若頭《わかがしら》一歩手前の舎弟頭《しゃていがしら》に昇格させ、送り出していたこともわかった。池崎が主張した風俗利権絡みの構図ではなかったものの、ジギリは確かに存在したのだ。

両組員の自供からほどなくして、小倉中央署に富岡慎司の遺体の引き取りを申し込む者が訪ねてきた。身内はいないと思われていた被害者は、自分の生きる汚れた世界から家族を遠ざけたかったのだろうか。ひそかに隣町に構えた居宅には、内縁の妻と中学生になる娘が暮らしていた。

川口は安置室の冷蔵庫から遺体を出して遺族と葬儀業者に引き渡すとき、一首詠んだ。

亡魂《ぼうこん》の冷たき人に迎え来て棺《ひつぎ》のふちに悲しみを聞く

伊沢、山辺の供述調書はもちろん、壱橋の逮捕令状請求に使われた。

起訴のほぼ同時刻、神戸に待機していた黒木、池崎らが組事務所兼自宅に赴き、組長の身柄を拘束した。間髪を容れず、福岡、兵庫両県警が合同で家宅捜索を行った。そこに数人の税務官の姿が混ざっていたことは、目立つことを望まない国税局側の希望でマスコミへの発表はされなかった。

起訴の手続きを終えて部屋に戻ると、鈴木がテレビをつけた。地元放送局のニュースが映っていた。福岡地検小倉支部を代表して、副支部長の葉山が記者の質問に答えていた。傷害致死で送検された事件を殺人罪に切り替える例はそうあることではない。どんな証拠があるのか。記者の質問はその辺りに集中した。

「殺人罪の起訴、および壱橋の逮捕は万全の証拠に基づくものであります。裁判で明らかにするまで発表は控えさせていただく」と、九州ライフを満喫する男は自信満々に語っていた。

「やだなあ、葉山さん、まるで自分がすべての指揮をとったみたいに話してますよ」と、鈴木がぼやいた。

13

池崎が支部の久我の部屋を訪ねてきたのは、壱橋の逮捕の翌日のことであった。躁がかなりきていた。行儀が悪い。目を血走らせ、不在だった鈴木の席に座るなり、椅子をぐるぐると回して遊んだ。

「おれ、警察を辞めます」

「なぜだ？」

「病気のこと、双極性障害のことを県警に隠していたんです」

「申告義務があるのか」

「いや、ありません」

「だったら、辞めることはないじゃないか」

「正しい判断ができないからです。妄想に走って、黒木さんに迷惑をかけた。久我さんにも逮捕されるし……あっ、礼を言うのを忘れてた。あのときは不起訴にしていただいて、ありがとうございました」

久我はよく考えろと言った。

神戸から引っ越してきた家具店に疑いの目を向けたことに捜査は始まっていた。池崎がイチョウの大木のそばでジギリ説を高らかに叫ばなかったら、谷山が久我に気づくことはなかっただろう。それが見当違いであろうと、おかしな振る舞いであろうと、池崎の猪突猛進がなかったら解決できなかった事件であることは間違いない。

そんな文句を並べ立てて説得してみたものの、彼は聞く耳を持たなかった。辞表はすでに書いたと言い、胸の内ポケットから白い封筒を出して見せた。

ちなみに、うどん屋の向かいのクレデンザという会社は暴力団とは何ら関係のなかったことが後に判明した。親戚が廃業した会社を引き取ったという三十代の夫婦が神戸から転居し、輸入アンティーク家具を並べる店舗を開業したからだ。

移転理由は北九州市の補助金を受け取ることにあった。家具とともに、イタリア製の小物などを通販で売るという事業形態が、市が行うベンチャー支援の審査に合格したという。地元の金融機関と取り引きがなかったのは、暴力団のフロント企業の疑いをかけられたからではなかった。

刑事としてはもう見ることはないかもしれない池崎の背中を、久我はさびしく見送った。菜穂から携帯に連絡があったのはその数秒後のことであった。

「ちょっと、お父さん、約束を忘れてない？」

久我は「すまん、忘れてた」と謝り、背広を着て庁舎を出た。向かった先は開店したばかりのアニメショップがあるという商店街だった。

日も暮れた帰り道、中央署の火事に遭遇した。正確に言えば、火事騒ぎである。

久我が消防車の先着する敷地に駆け込むと、黒木が消防署員に平謝りしていた。電子レンジが爆発した、という刑事課長のすまなそうな声が久我の耳に届いた。煙がわずかに出た程度だが、火災報知機が鳴り、スプリンクラーが作動したらしい。黒木の髪と背広がびっしょりと濡れていた。

「おう、久我さん、何でここに？」

後ろから、夕方に会ったばかりの男の声がした。池崎である。黒木と同じくらい全身がびしょびしょだ。

「いったい、何があった？」

「菜穂ちゃんのネタ、使わせてもらいました」

「は？」

「じつは給湯室で黒木さんに、辞表をライターで燃やされたんです。あの人、ほら、喫煙者だから、火付け道具がポケットからひょいと出てくるんですわ。そしたら、警報器が鳴りだしちまって……。だけど、黒木さんの責任になるといけないから、とっさにレンジの事故に見せかけることにしたんです」

躁状態のときに症状を悪化させるともいわれるカフェインを避けなければいけない池崎は、給湯室の棚に粉末のココアを常備していたという。

「秘密にしとってください」

「わかってるよ」

「ほんとに、秘密ですよ」

「おい、しつこいぞ」

久我は心のうちに湧いた思いを隠して、ぞんざいな答え方をした。

池崎は結局、警察を辞めなかった。

彼の症状の特性は躁が長く続き、鬱の期間が極めて短いことだった。心が沈み込んでいる状態の時以外は、その後も持ち前の暑苦しいふるまいで都市の治安のために働いた。

年が明け、久我は彼から届いた賀状の返事にこう書いた。

海に行こう。

健ちゃんに法はいらない

1

部屋に散らばったレゴブロックをかたづけていると、ふいに携帯が鳴った。

墨田署の交番巡査、有村誠司《ありむらせいじ》は画面の表示を目に映してどきりとした。心のどこかで待ち望んでいた女性の名がそこにあったからだ。

フルネームはもちろん知っているが、電話の登録は「倉沢検事」と職務を離れない表記にとどめてある。彼女は区検浅草《あさくさ》分室に勤務していた。去年の夏、セールスマンの若者が高架から謎の転落死をとげた事件の捜査で知り合った。凶暴犯と鉢合わせし、何とか一緒に危険をくぐり抜けたことが忘れがたい。つい先日、鹿児島地検へ転勤したばかりだ。

ビデオ通話だった。有村は意識して顔から動揺を消した。だが応答ボタンを押したとき、瞬時にしまったと思った。

体が自然に反応し、気がついた時には背筋を伸ばして敬礼をしていた。検事と巡査以上の関係にはなりたくないと、自分から言っているようなものである。もっと親しくなりたいと思っているのに、バカみたいだ。

「おっ、お久しぶりです」

のっけから声がうわずった。

警察官という仕事を続けていくことに自信を失っていた時期でもあった。警視庁を辞めることを本気で考えていた。兄が実家の農家を継ごうとしないことを表向きの理由にしていたが、本当のところはどうなのか？　思いとどまったものの、今も自分が警察官に向かないのではという疑念は消えていない。

鹿児島はたまたま自分の故郷である。彼女はとくに希望したわけではないという。人生が運や偶然に支配されているとすれば、離れろとも離れるなとも神様に言われているような心持ちになる。

スマホの画面の中の女性は案の定、いきなり敬礼をする男にドン引きしたように見えた。

「あれっ、有村くん、きょうは制服着てないね。非番なの？」

「ええ、休みで寮にいます。ちょうど、そうじが済んだところでした」

決して嘘ではない。有村は少し待ってくださいと声をかけ、携帯を冷蔵庫に隠してから涼太《りょうた》のもとに歩み寄った。

「もう一回レゴで遊んでいいから、お兄ちゃんの電話が終わるまで静かにしていること」と言って、唇に人さし指をあてた。

「わかった。ボク、だまってるから」

涼太の澄んだ瞳が見つめ返してきた。

倉沢の用事は、鹿児島の方言を教えてほしいというものだった。「ゴワス」とか、名前の下につける「ドン」とか、使うどころか、人が口にするのも聞いたことないと教えると、彼女は楽しそうに笑っていた。

そんな話で盛り上がっているとき、恐れていたことが起こった。背後に風を感じた。涼太がちょろちょろし始めたのだ。

「あれっ、いま後ろを子供が通らなかった？」

「えっ、いや、その……」

どぎまぎしてパニックになりかけた。だが、そのときの倉沢はふだんとちがった。ツッコミを入れてこなかったのである。

ぽかんとした顔で画面を見つめていると、ちょっと変な頼まれ事をした。鹿児島の発音で、「隣のおっさんは美人じゃのう」と繰り返し言わされたのである。

有村は彼女の隙をうかがい、涼太にこっそりと顔を向け、またも唇に一本指を立てて「シーッ」とやった。妙な言葉をつぶやいていることは保育園児にもわかったらしく、ケラケラと笑い転げたからだ。

そうしている間にも、倉沢は何かを深く考えているようすで、後ろを通り過ぎた子供の話題に戻ってくることはなかった。

「ありがとう、助かった」と言って、どこかそわそわしながら電話を切った。さっぱりわけがわからなかったものの、どうやら彼女の仕事の役には立ったらしい。

有村はホッとして携帯を脇に置くと、レゴで遊んでいる涼太を振り返り、警察官としてはどう考えても格好のよくない最近の日々を振り返った。

2

墨田《すみだ》区立天童《てんどう》保育園の防犯教室には五十人ほどの園児が集まっていた。

有村は頭のかぶりの部分が黄色い星の形をした着ぐるみをまとい、講堂のステージに立った。地元を代表する建築物、日本一高い電波塔を応援するゆるキャラ、ソラ美ちゃんである。

「みなさん、こんにちは！　ソラ美ちゃんで～す！」とあいさつするなり、園児らは「えーっ」とざわめいた。「ソラ美ちゃんは女の子だよ」と大騒ぎになった。必要以上に、やぼったいがなり声を出したせいかもしれない。

高校時代は野球部のキャプテンをしていた。当時の声出しの要領で、つい腹筋に力を入れすぎてしまったのがいけなかったと後悔した。

「へんだ、へんだ」と合唱が起こった。そもそもキャスティングに無理がある。気が遠くなりかけたとき、ピンチを救ってくれたのが相撲《すもう》の街・両国《りょうごく》のゆるキャラ、ハッケヨイゾウくんだった。

有村が開演直前に駆け込んだときには、地元の防犯協会から派遣されて来ていた男性はすでに着ぐるみに入っていたため顔は見ていない。とはいえ、中の人物が遅刻気味に現れた巡査にムッとしていることは容易に推し量れた。これから一緒に劇をやろうというのに、一言も話しかけてこなかったのだ。

彼の第一声は子供たちばかりではなく、周囲の大人たちをもびびらせた。

「ばかやろう！」

一気にしーんと静まった講堂に、べらんめえ調の説教が響いた。

「おまえらが危ない目に遭わないように、おれたちはこうして変てこりんなぬいぐるみに入って、これから劇をやろうってえんだ。無事に元気なままで大人になりてえと思ったら、黙って聞いてろ」

有村が心配になって子供たちを見渡すと、なぜか笑顔が広がっていた。

ハッケヨイゾウは会場が静まったのを確かめると、「いいぞ、いいぞ、おまえらはいい子だ。さあ、このお兄ちゃんだか、お姉ちゃんだかが、これからみんなに、とてもいいことを教えてくれるからな。耳をおっ立てて、よく聞くように」と言って、ステージの後方にごろんと寝転がった。

肉太の腕を器用にたたみ、腕枕をしている。まげが横にずれ、腰の締込《しめこみ》が緩んで今にも外れそうになっている。着ぐるみなので万が一のことはないとわかってはいたものの、気が気でなかった。

「えっ、僕がですか」

「おい、何やってんだ。さっさと始めろよ」

その指示には大いに戸惑った。台本ではソラ美ちゃんではなく、ハッケヨイゾウが「イカノオスシ」の歌をうたうはずだったのだ。

「早く、やれ。おれは、さっき四股《しこ》を踏んで疲れた。ここで寝てっからよ」

そのやりとりが面白かったらしく、子供たちはキャハハと笑った。

「はい、わかりました」と、有村は元気よく返事をした。それを待ち構えたように、音楽の係をしていた保育士がカラオケをスタートさせた。

ピアノの前奏が会場に響いた。歌にはまるで自信がなかったのだが、恥ずかしがっている場合ではない。台本に指示があったように、せいいっぱいの明るい声でうたった。

イカ！

知らない人に、ついてイカない
ノ！

車にノらない
オ！
オおきな声を出すぞ
ス！
スぐ逃げる
シ！
近くの大人にシらせる
歌い終わったとき、子供たちはきょとんとしていた。ノリが悪い。気づかないうちに、またも野球部仕込みのやぼったい発声になっていたのかもしれない。
そこをふたたび、ハッケヨイゾウが救った。
「うまいじゃないか、お星さまくん」
寝そべったまま手をたたいている。もちろん着ぐるみの手袋のため、拍手の音は出ていない。だが園児たちはつられて、ぱらぱらと拍手をしてくれた。
ソラ美ちゃんを「お星さまくん」と呼ぶとは、やはりハッケヨイゾウは台本を読んでいないのか。その疑いはまもなく確信に変わった。突然、演出になかったことを始めたのである。
のそっと起き上がると、「よし、みんな、おじちゃんと相撲を取るぞ」と言って四股を踏み始めた。園児たちは「やったー」と黄色い歓声を上げ、我先にと押し合いへし合いしながらステージに上がってくる。

「おい、おい、慌てるな。転ぶんじゃねえぞ。みんな一人ひとり、おじちゃんがちゃーんと相手してやるからな」

有村は着ぐるみの下の暗闇でおろおろした。

「ハッケヨイゾウさん、僕は何をすればいいんですか」

「決まってるだろう。行司《ぎょうじ》だよ」

「はい！」

と有村は元気に返事をしながら、大変な矛盾を感じていた。必死の思いで歌ったイカノオスシの趣旨を踏みにじるのではないかと。ハッケヨイゾウの中の男こそ、そのへんを歩いている人間以上にどこの誰ともわからない人間なのだから。

ステージの上は他人に無防備な子供たちの笑顔であふれた。有村は頭に疑問をよぎらせつつも、「はっけよい、はっけよい、のこった、のこった」と勝負を仕切った。声が嗄《か》れてきたころだった。全員の取組が終わったと思って一息ついたとき、ステージの隅にぽつんと体育座りする男の子を見つけた。

有村は急ぎ足で歩み寄り、そばにしゃがみ込んだ。防犯のために園内でしか付けないという胸の名札に花野《はなの》涼太とあった。

「きみは涼太くんって言うんだね」

「うん」

男の子はこわごわと頷いた。

「お相撲が苦手なんだね」

「うん……」と言いつつも、なぜか首を横に振った。相撲が好きなのか嫌いなのか、まったく判断のつかない反応であった。

ハッケヨイゾウの大声が聞こえた。

「どうした、ぼうず。かかってこい！」

涼太はぶるっと震えた。相撲が苦手だとしても、どこか普通ではない恐がり方だ。

「だいじょうぶ、だいじょうぶ」

有村は優しくつぶやいて、頭をなでようとした。ところが、涼太はすばしっこい小動物のようにソラ美ちゃんの手を避け、後ろに飛びのいたのだった。

ハッケヨイゾウがかくんと首を傾けた。

「こりゃ、いけねえ。この子、もしかすると……」

きょとんとして有村は聞いた。

「どういうことですか？」

「今、見ただろう。この子の人の手を避ける動きを。わからねえのか、お前、それでも警官か」

ハッケヨイゾウは叱るように言うと、かぶり物を脱いだ。短髪で目つきの鋭い男の顔貌が現れた。年齢は六十歳前後といったところだ。

警察OBにちがいないと思った。地域の防犯協会は、退職した刑事経験者を事務局に迎えていることが多い。

有村も五角形の星のかぶり物を頭から外した。着ぐるみの体には無数の黄色い星が散らばっていて、目に痛かった。

「墨田署向島《むこうじま》交番の有村です」

「おれは長谷川健介、魚屋だ」

「えっ、魚屋さんですか」

「そうだ、何か文句があるのか」

「いえいえ、滅相《めっそう》もありません」

戸惑う有村をよそに、長谷川は悲しげな視線を涼太に向けて聞いてきた。

「おい、若いの」

「はい」

「お前、この子を助ける覚悟があるか」

3

長谷川によれば、涼太は虐待されている疑いがあるという。だが有村にはにわかに信じられなかった。

「どうしてわかるんですか？」

「わかるんだ。あの子は頭を触られるのを嫌った。猫が顔に水かけられたみたいだったろ？」

「だけど、それだけじゃ……」

「おれを信じろ。前にも同じような子供を見たことがある」

そう言われて多少信じる気になったものの、気分は落ち着かない。親を疑うとなれば、涼太自身が傷つく可能性もある。そうこうしているうち、園長が涼太を連れてきた。長谷川が事情を聞きたいと耳打ちをして、部屋を用意させたのだ。

園長はびくびくとしている。

「慎重にお願いしますよ」

「ああ、任せてください」

「じつは副園長は反対したんです。毎日見ている私たちが気づかないのに、警察の人にどうしてわかるんだとごねましてね」

「警察の人？」

有村があれっという顔でつぶやくと、長谷川にひじで小突かれた。身分を偽《いつわ》ったことは聞くまでもなかった。

涼太が椅子に腰掛けると、長谷川はそばにしゃがんだ。

「おじちゃんが怖いか？」

涼太は首を横に振った。

「おう、そうか。怖くないんだな。このお兄ちゃんはどうだい？」

「怖い」

有村はショックだった。星柄の着ぐるみの袖《そで》で思わず顔を隠した。

「僕が怖いのかい？」

涼太はぶるっと体を震わせ、黙り込んだ。

長谷川は悪かったと言うように、やさしく涼太の肩に触れて落ち着かせた。

「わかったぞ、このお兄ちゃんが、若いからなんだな」

なおも、おっかなびっくりしたようすで何も答えなかった。

「そうか、そうか、人に自分の気持ちを伝えるのは怖いもんだ。大人だって同じさ」

すると涼太は安心したように、にこっとした。

「だけど、このお兄ちゃんはやさしいぞ。交番って知ってるか。そこのお巡りさんだ。かっこいい制服を着て、悪いやつから街を守っている。見たことあるか」

「うん、パトカーに乗ってるとこ、見たことある」

「かっこよかったろ?」

「うん、戦隊ヒーローみたいだった」

涼太は恐る恐るではあったものの、ようやく有村に小さな瞳を向けた。

「よかった。もう僕のことは怖くないかい?」

「うん、だって、お兄ちゃんは街を守る人だから」

有村が話を聞く番になった。

「涼太くん、どこか痛いところない?」

幼い顔がみるみる青ざめた。首を左右に振って「ない……」とか細い声を出した。おかしな反応である。何を隠しているのか。大人にそう聞かれたら、言下に否定することを教育されているようでならない。

長谷川はいつのまにか、涼太の座る椅子の後ろ側に回っていた。後頭部をしげしげとのぞき込んでいる。

「どうしました?」

「おい、ここを見てみろ」

指で示す場所をのぞき込むと、毛髪のなかに白っぽい地肌が露出する部分があった。触れて確認するまでもなく、十円玉大のハゲであった。

長谷川は悲しい目をして言った。

「ストレスが原因だろう。おれは親の顔が見たくてたまらなくなった。おい、巡査、行くぞ」

「え、どこへ？」

「決まってるだろう。この子のおうちさ」

4

倉沢との通話を切って、二時間以上は過ぎていた。有村は夕食に使った食器を手洗いしていたとき、急にもよおした。涼太に「お兄ちゃんは、しばらくトイレに入っているから」と言い置き、便座に腰を降ろした。

腹に力を入れながらつくづく思ったのは、涼太はとてもいい子だということだ。あり合わせのミックスベジタブルとベーコンで作ったピラフを、「おいしい、おいしい」と言って平らげてくれた。そのときの幼い顔を思い浮かべつつ、幸せな気持ちになった。

が、心と生理現象を同時に満たす至福の時間は長くは続かなかった。トイレのドアの外に響いた着信音とともに、たちどころにかき消えた。慌ててパンツを引っ張り上げていると、最も懸念されたことが現実になったことがわかった。

涼太がビデオ通話に応答していた。その画面に倉沢の顔があることは聞くまでもなかった。涼太がキャハハとはしゃぎながら、こう話していたからだ。

「隣のおっさんは美人じゃのう！」

有村はすっかり観念して、すべてを打ち明けることにした。


「えーっ！ 信じられない。有村くん、保育園からその子を連れて帰っちゃったの？ まさか保護者に無断で……」

「いや、そこはちょっと込み入った事情が」

「長谷川さんって人、犯罪者の臭いがプンプンする。保育園には警察官だって身分を偽ったんでしょ？ いくら虐待が懸念されるからといって、親に断りなく園から連れ出すなんて、場合によっては誘拐か、拉致《らち》ってことじゃない」

「ええ、そうなんですけど……」

「なんでそんなにのん気なの？ 告訴されたら人生おしまいよ」

「僕もそう言って反対しました」

「そうだよ、それが常識よ」

「だけど、彼はちがうって言い張りました。法律が何だ！　誘拐だの拉致だの、つまらないこと考えてるから子供を救えないんだって説教されました。僕ばかりでなく、結局、そう言って保育園の抵抗も押し切ったんです」

「どこがつまらないことなのよ。有村くん、あなたは警察官なんだよ」

「わかってます。それがおとといのことで」

「えっ、きょうじゃないの？　誘拐してもう三日目ってこと？」

「いえいえいえ、そうじゃないんですよ。えーと……」

有村はとりあえず、保育園から涼太を送って帰るところから話すことにした。

「じつは涼太の家に乗り込んでから、もっと大変なことになっていくんです」

5

涼太の家は、東京スカイツリーを間近に見られる商店街の蕎麦屋《そば》であった。看板に「蕎麦処　花野」とあった。臨時休業中と書かれた札が出ていたが、長谷川はかまわず引き戸をがらがらと開けた。

門扉はこぢんまりとしていたものの、店の床面積は意外に広く、カウンターのほかに四人がけのテーブル席が七つあった。改装したばかりのようで、ほんのりとニスの匂いがした。

涼太の両親は奥の席に並んで腰掛けていた。向かいにスーツを着た女性がパソコンを開いて座っていて、こちらを振り向いた。

肩まで下りた柔らかな髪がなびき、目が合った。有村は保険会社の外交員か何かだろうと推測した。

直後、店に入る前に考えていたこととはまったく逆のことが起こった。涼太が「ただいま」と明るい声を出して父親の膝に飛び乗ったのだ。

「きょうは保育園、楽しかった?」と母親が聞き、「うん、いっぱい楽しかった!」と弾んだ声を返した。

涼太の挙動のおかしさの原因が両親でないことを物語っている。有村はやや緊張を解くと同時に、長谷川を見た。苦虫をかみつぶしたような顔をしている。推測が外れたことを恥じているのだろうか。

だが、ちがった。

「花野さん、あんたらかい、この子を虐待しているのは?」

前触れなく突風を吹かす嵐のような人だと有村は思った。両親がそろって、みるみる頬を上気させた。

「なっ、なに言ってるんだ!」

父親が立ち上がって、声を荒らげた。

「そうですよ、子供の前でなんてことを言うんですか!」と、母親も続けて抗議したが、長谷川は眉一つ動かさなかった。

「答えろ、教育だとか何だとか言って、涼太に暴力を振るってるんじゃないのか?」

「暴力? そんなことを、わが子にするわけないじゃないか」

父親がつかみかからんばかりに詰め寄ってくる。それでも長谷川は動じない。そして、ぽかんとした表情で大人たちを見ていた涼太にささやくように言った。

「いい、お父さんだな」

「うん、いいお父さんだよ。大好き。お母さんも」

長谷川の形相が一変し、目が笑った。

「やっと自分の気持ちを言えたじゃないか。それでこそ墨田の男だ」

「おじちゃんも、墨田区に住んでるの?」

「おう、おれは子供の頃に両国に来て、今も住んでいる。ここの隣町だ」

「そうだね、両国には、ハッケヨイゾウがいっぱいいる」

長谷川はいっそう目を細めた。

「おっ、涼太は物知りだな。おじちゃんの仕事は魚屋なんだ。相撲部屋にも、でっかい鯛を納めてるんだぞ」

あっけにとられて会話を眺めていた父親が聞いた。

「魚屋？　警察の方じゃないんですか？」

「ああ、保育園の園長の勘違いだ」

有村はちょっとちがうと思ったものの、黙ってやり過ごした。それより気になったのは、涼太の動きだった。父親が立ち上がった際、その膝から降りると、すぐに母親の後ろに回り込んで大人たちから見えない場所に身を潜めた。恐がる場面ではないはずなのに。

母親が気づいたように言った。

「変なところに隠れてないで二階で遊んでなさい」

涼太はこくんと首を縦に振り、奥の階段を上がっていった。

子供の姿が消えると、それまで居場所がないかのように身を小さくしていた若い女性が、おろおろしながら席から立ち上がった。

「私、お邪魔でしょうか。なんなら出直して来ます」

長谷川が答えた。

「あら、あんた、まだいたのか」

夫婦と彼女の話し合いをそもそも自分が邪魔したのを、すっかり忘れているかのような物言いである。

「何もんだ？」

眉根にしわを寄せ、つっけんどんな口調で聞いた。

女性はたじろぎながら答えた。

「飲食店専門の事業プランナーです」

「プランナー？　へえ、カタカナの商売か。ねえちゃん、ちょっとそれじゃあ、おれにはわかんねえなあ」

有村は瞬時にこれは女性に失礼だと思った。注意することにした。

「ねえちゃんはダメです」

「じゃあ、べっぴんさんはどうだ？」

「それもダメです」

「おっ、さては貴様もデンジャーとやらの一味だな」

有村は少し考えてから、誤謬《ごびゅう》をただした。

「それを言うなら、ジェンダーです」

女性が口をはさんできた。

「あのう、私が何者かって話だったのでは」

「おう、そうだった」

「私は高島瑠理《たかしまるり》と申します。現在、こちらのお店の経営相談を担当させていただいています」

彼女は丁寧な物腰で名刺を差し出してきた。

6

高島は紺のスーツに身を固めていた。有村は彼女の細い腰のあたりに視線をさまよわせる自分に気づいた。おろおろしかけたとき、長谷川が先に口を開いた。名刺を受け取るなり、名前をほめた。

「きれいな名じゃないか。瑠璃色の海といえば、お魚さんがいっぱいだ」

彼女は内気な性格であるらしい。少し恥ずかしそうに「ありがとうございます」と小声で言い、頭を下げた。有村は知らず知らずのうちに、向こう気の強い倉沢と比べていた。

「で、おたくら、どんな相談してたんだ？　蕎麦屋が蕎麦屋のままじゃいけないようになったのか」

「ええ、この店がたいへんなことになりまして」と、涼太の父が渋い顔つきで答えた。

「困り事か？」

「客がめっきり減りましてね。これのせいです」

涼太の父親が見せたのは大手のグルメサイトだった。

〝下町のひそかな名店と聞いて来てみたのに、ダシがちょっと〟

〝新そばがつるつるしすぎている。そうめんのような感覚でビミョー〟

〝店の照明や家具の色が暗い。静かすぎて弾んだ気持ちになれなかった。おしゃべりと一緒に食事を楽しみたい人には要検討かも〟

「何だ、こりゃあ。遠回しな物言いだが、詰まるところは誹謗中傷じゃねえか。おい、花野の旦那、おれに蕎麦の付け汁を味見させてくれ」

母親のほうが「はい、すぐに」と返事をして、厨房の奥から汁を入れた器を運んできた。長谷川はそれを受け取った。中指を突っ込んでなめると、少し考え、急に難しい顔になった。

「指の味がする」

有村はこけそうになった。

「冗談だよ」

魚河岸の男はニヒルな笑いを浮かべたあと、ズバリと素材の配合を言い当てた。

「北海道の昆布に、カツオ節が七、サバ節が三ってところだろう？　ちがうか」

「はい、その通りです。いやあ、驚いたなあ」

有村が質問した。

「どうして昆布が北海道のものだとわかるんですか？」

長谷川はじろっとにらんできた。

「ばかやろう、あたりめえのことを聞くんじゃねえ。昆布は九五パーセントが北海道産なんだ。適当に言ってれば、当たるんだよ。ガハハハ」

と、けっこういい加減だったのはそこまでで、あとの説明はプロフェッショナルのそれであった。

「うん、この付け汁は逸品だぜ。カツオだけでダシをとると、甘すぎるんだ。少しえぐみを出すために煮干しを使う店もあるが、カツオとの相性はあんまりよくない。で、サバ節に火を入れて削り、花ガツオに混ぜて鍋に入れる。寝かせれば寝かせるほど、えぐみが深い風味に変化して、こんないいダシができあがるんだ」

涼太の父親は感激したようすで、長谷川の手を握ってきた。

「それにしても、ひでえ書き込みだな。悪意があるとしか思えない。これを何とかするのがあんたの役割ってわけだ」

長谷川は高島を見やった。

彼女は「おっしゃる通りです。ネットの書き込みを巡ってはあまりにもトラブルが多くて、危機対応のアドバイスもプランナーの仕事のうちに入っています」と、はっきりした口調で説明した。

「あんたら、儲けばっかり考える商売人じゃないってことだな」

「ええ、当社にはネットの問題に強い弁護士が控えています。刑事告訴と民事裁判の両方を検討していまして、さきほどまで打ち合わせをしていたところです」

「てえと、何か、書き込みをした犯人に目星がついているということか？」

高島は静かに頷いた。

7

「ねえねえ、有村くん、誰なの？　犯人って」

「彼女の説明では、松匠庵《まつしょうあん》という近くの蕎麦屋ということでした」

「まあ、卑怯！　ライバルの店に嫌がらせをしていたのね。でもさぁ、ちょっと話がおかしくない？　飲食店を対象にした口コミサイトでは、問題のある表現はＡＩがチェックして削除するか、載せないことになったはずよ」

「そうそう、問題はそこなんですよ、僕も今回のことで勉強しました」

「営業妨害は表現の自由とは認められない。加害者に信用毀損《きそん》罪が適用され、罰せられる事例も出てきた。そこで、グルメサイトの運営会社でも対策を講じてはいる。だけど、この書き込みの内容は……？」

「読めば読むほど、考えちゃいますよね」

「そうか、嫌がらせかどうか微妙なライン上にあるということね」

「お察しの通りです。ＡＩの監視を巧妙にかいくぐっていました。まずいとか、悪いとか、削除対象のキーワードを使わない書き込みが続いて、店の評価が最低ランクになってしまったんですよ」

「だけど、どうして松匠庵のしわざだってことが言えるの？」

「そこなんですけど、松匠庵はまだ開店して一年もたってない店で、花野さんへの攻撃はその店が開業した頃に始まったからのようです」

「動かぬ証拠はまだないんだね」

「ええ、その調査のために花野さんは弁護士を雇おうとしていたんです」

「うわっ、いくら取られるんだろう？　個人経営のお店なのに大変ね」

「ええ、そこで健ちゃんの出番なんです」

「あれっ、いま健ちゃんって言った？」

「あっ、言ったかな」

「言ったよ」

「じつは二人で話しているとき、健さんと呼んだら叱られまして」

「どういうこと？」

「高倉健さんに失礼だと言って、健ちゃんにしろと命令されました。みんなそう呼ぶからと」

「ほんとに変な人ね」

「ええ、僕が東京に出てきて会った人のなかで、間違いなく一番普通ではない人物です」

「その言い方だと、健ちゃんはもっと有村くんを振り回したのね」

「ええ、僕だけじゃなくて墨田署を巻き込んで大騒ぎになりました」

「えっ、何があったの？」

「じつは、そこに進む前に、ちょっと話しておきたいことがあります。健ちゃんの個人的なことです」

8

一緒に歩いて気づいたことだが、健ちゃんはせかせかと歩かない。ポケットに手を突っ込んで、じれったいほどにのんびりと歩く。

有村は高校を出て鹿児島から上京したとき、都会の人の歩く速さに驚いた。東京で出会った人のなかで最もゆっくり歩く人ではないかと思うと同時に、誰もがせわしなく働く朝の市場に健ちゃんのいる景色を想像できなかった。

蕎麦屋をあとにして五分ばかりたった頃、児童公園の脇で健ちゃんの遅い足が止まった。視線の先に砂場がある。

二人して思わず目を細めた。涼太が同じくらいの年の子と相撲を取っていたのだ。相手の子は、ドラえもんのトレーナーを着ていた。

「何だ、あいつ、二階でおとなしく遊んでいたんじゃなかったのか」

「こっそり抜け出して外で遊ぶなんて、やっぱり男の子ですね」

「でも、おかしいぞ。涼太は相撲が怖いんじゃなかったか」

健ちゃんは眉根にしわを寄せ、首をひねった。

しばらく立ち止まって、小さな両力士の奮闘をながめた。おたがい投げを決めようとするが、体重差がないせいか、結局押し相撲になってどちらかが土俵を割ることが多かった。

勝ったほうが砂場の外に出て、笑顔を浮かべながら木の枝を持ち上げ、土の上に「正」の字を書いていく。さすが墨田は相撲の聖地だと言いかけたとき、有村はぽつぽつと花芽を宿す桜の木の根元に携帯ゲーム機が置かれているのを見つけた。相撲のあとはゲームで戦うのだろう。

有村は故郷の田舎町の景色を思い出しながら、この二人の子はこれからどれくらい友達でいられるのだろうかと思った。

そのとき、長谷川がつぶやいた。

「おれはあいつらぐらいの年のとき、友達がいなかった」

健ちゃんは悲しげな顔をしていた。

「おい、巡査、十円ハゲが虫みたいに動き回るって知ってるか」

「ハゲって、涼太くんの頭にあったような脱毛ですか」

「ああ、そうだ。耳の後ろにあったものが治ったかと思えば、次は耳の上に来てるんだ。おれの十円ハゲはぐるりと頭を一周したよ。いや、二周したかな」

「何があったんですか」

「おれのオヤジはやくざ者だった。毎日、殴られたり、蹴られたりしていた。今でいう児童虐待っていうやつだ。ちっちゃな心がめためたに傷ついて、会うヤツ会うヤツが憎らしくなる。外で遊んでても、すぐに誰かとケンカになっちまうんだ。というわけで、おれにはなかなか友達ってものができなかった」

「ああ、だから涼太くんをほっとけなかったんですね」

健ちゃんはこくんと頷いた。

「小学生のとき、お袋がおれを連れてオヤジから逃げ出してくれたんだ。勇気がいったと思うぜ。お袋も、あいつにやられてたから。築地に越してきて、それからずっとおれは市場にいる」

このあと、彼は自分にも一人息子がいることを話した。

「変なやつに育っちまってさ。大学の経済学部とやらに行ったから、商売人になるのかと思いきや、料理人になったんだよ。あるとき、魚のさばき方を教えてくれって、おれの職場にきやがった」

口ぶりとは裏腹に、健ちゃんはどこかうれしそうだった。

「まあ、それはいいとして、おれは子育てしながら怖くてたまらなかった。自分もいつかオヤジみたいになって、ぼうずを殴っちまう日がくるんじゃないかってね。家庭内暴力とやらは、親から子に伝染するって言うじゃないか。何かの菌かウイルスみたいによ」

「でも、あなたは殴らなかった」

「ああ、おれはいろいろ問題の多い男だが、そこだけは人間らしくしていた」

そして、ふいに話を変えた。

「しかしだ、涼太のハゲはいったい何が原因なんだ？　いい親がいて、いい友達がいて……ぜんぜん、わからねえ」

健ちゃんはロダンの「考える人」のように、軽くにぎった拳をあごにあてた。

9

「健ちゃんって、人の心の痛みがわかるおじさんなんだね」

「ええ、思い切り付き合いづらいけど、いい人です」

「お母さんは苦労したのかなあ」

「もう亡くなったみたいだけど、築地の市場で清掃係をしていたそうです。だから小さい時から築地が遊び場で、気がついたら仲卸の会社に就職していたんですって」

「気がついたら、魚屋さんかぁ……なんだか天職って感じでうらやましい。私なんて自分の感情を抑えられなくて、すぐに突っ走っちゃうし、熟慮が必要な検事という仕事に向いているのかどうか」

「倉沢さん、何か嫌なことがあったんですか」

「いや、なんでもないから……」


有村はすべてをつまびらかに倉沢に話したわけではなかった。ためらいつつ、はしょったのは店を出てすぐの健ちゃんとの会話だ。

「おい、巡査、気づいてねえのか」

「は？」

「なんだ、やっぱり気がついてねえのか」

健ちゃんはそのまま押し黙った。有村はじれたように聞いた。

「いったい、何ですか？」

「あの沖縄の海みたいな名前のねえちゃん、おめえに気があるぞ。一目ぼれってやつかもしれない」

有村はドキッとして頬を赤くした。

「まさか、そんなことあるはずありませんよ。あんなきれいな人が、僕なんかを相手にするわけないですから」

「いやいや、お前はなかなかいい男だぞ。自分で思っているより、ずっと女にほれられるタイプだ」

戸惑って、何も言葉を返せなかった。そして、まぶたの裏に突然、二人の女性の顔が代わる代わる明滅した。

「好きな女がいるのか」

そう聞かれて、明滅が倉沢で止まった。それはなぜか、怒っているときの彼女の顔であった。有村はこのとき、自分の思いをよりはっきりと自覚した。

「います。好きな人がいます。だけど、僕とは立場というか、社会的な地位がまるでちがうんです」

「どういうことだ？」

「僕は一介の巡査、彼女は検事です」

有村は、健ちゃんが励ましてくれるとばかり思っていた。愛に地位なんぞ関係あるのか。バカ言ってんじゃねえとか。

ぜんぜんちがった。

「検事って、あの警察と裁判所の間にいて、えらそうにしてるやつらか？」

「ええ、えらそうにしてるかどうかは個人差があると思いますけど」

「やめとけ、やめとけ、その女……検事ってのはなあ、法にこんなことが書いてあるとか、これこれは禁止されているとか、四六時中そんなことばっかり言ってる連中だろうよ。法律家なんてえのは、世の中が六法で出来てると本気で思っているバカだ」

と、妙に熱を入れて話した。

駅へと向かう道でがっかりしている自分の姿を思い出していたとき、本気で好きだと気づいた人の電話の声に引き戻された。

「そういえば、涼太くんの相撲を見たあと、どうしたの？」

「健ちゃんとは駅に着く前に別れました。あの人、何かを思い出したように、道を引き返していったんです」

「何しに？」

「いま思えば、それがターニングポイントかな。えらく大変なことになったのは次の日、きのうのことなんですけどね」

「大変なことって、何なの？　じらさないでよ」

「では、言います。墨田署で健ちゃんを逮捕することになったんです」

10

巡回中にもかかわらず、有村の心は街の治安を守ることに向かってはいなかった。

自転車をこぎながら、くどくどと考えた。自分はやはり警察官に適していないのではないかと。疑うことが苦手で、人の悪意や腹の底のドロドロした魂胆に察しよく気づくタイプではまったくない。

被疑者と向き合って取り調べがきちんとできるのか。駆け引きで負けてしまわないか。巡査部長の試験に受かったうえで刑事に取り立ててもらうのがいまの目標だが、とりとめもなく迷いが訪れた。

涼太の両親に遠慮なく詰問した健ちゃんを思い出していた。

〝答えろ、教育だとか何だとか言って、涼太に暴力を振るってるんじゃないのか？〟あれが自分にできるかというと、できない。それでいて健ちゃんは涼太の両親と悪い関係にならなかった。むしろ、はっきりと疑いをぶつけた結果として、信頼を得たといえなくもない。ふしぎな人だ。自分より、よほど警察官に向いている。

とはいえ、涼太の脱毛症の原因はわかっていない。それを突き止めるのは自分の役目でもあろう。ステージでの涼太の挙動を思い起こすと、最もわからないのは頭をなでようとしたとき、反射的に飛びのいたことだ。

ふと、「ソラ美ちゃんは女の子だよ」と園児たちからやじられたことが頭をかすめた。そういえば、ハッケヨイゾウが近づいても涼太は逃げようとしなかった。ソラ美ちゃんとのちがいは男か女かだ。

有村は自転車を涼太の通っている区立天童保育園へと向けた。虐待が行われる場所は何も家庭にかぎらない。

少し離れた場所に自転車を止め、電信柱の陰からなかをうかがった。外遊びの時間になったのか、園児たちが運動靴をはいて庭に飛び出てくるところだった。

ジャングルジムに登ったり、雲梯《うんてい》にぶらさがったり、思い思いに遊んでいた。しばらくすると、五、六人で一緒に飛ぶ大縄飛びが始まった。涼太の姿もあった。「はい！」と元気よく手を挙げて、縄を回す係に立候補していた。

縄が宙に弧を描き、ビュンビュンと回った。踏んづけて失敗しても園児たちは歓声をあげていた。疑いに満ちた気持ちでやってきたにもかかわらず、子供たちが楽しそうに遊ぶ姿に見とれてしまっていた。

そのとき、ふいに後ろから声がした。

「あなた、墨田署の有村さんでしたっけ?」

寸劇の日にあいさつを交わした副園長だった。

「何してるんですか? こんなところで」

まずいと思った。

「みんなが元気かどうか、見にきました」

と、ごまかそうとしたものの、副園長は見透かしたようににらんできた。

「うちの園で何かあると思ってるんですね」

「いや、その」

「だいたいねえ、虐待の疑いが生じただけでも園にとっては大変なことなんです。うわさにでもなれば、保護者のみなさんに何て説明していいか。花野さんから聞きましたよ。涼太くんは何でもなかったんですってね」

そこまで聞いて有村は、副園長の言っていることのおかしさに気がついた。保育園側の体面ばかりを重んじ、疑うことが罪であるかのような言いぐさだ。そんな態度で子供たちを虐待から守れるのか。自分にはめずらしく、だんだん腹が立ってきた。

いつだって、自分にはあと一押しが足りない。大学野球部のセレクション、機動隊時代のSAT（特殊部隊）の最終選考……大事なところに来て、いつもぎりぎりのところで落とされてきた。目標のかなわない人生がこのとき、有村の背中をぐいっと押した。

腹筋に力を込め、健ちゃんのマネをしてみることにした。

「あなた、お名前は」

「野田《のだ》です。副園長の野田です」

「涼太くんはどうやら、女性が怖いようです。あなたですか？　あの子を虐待しているのは」

その質問を聞いた瞬間、彼女の耳が真っ赤になった。

「なんて失礼な。私が涼太くんを虐待してるですって……よくも、そんなこと」

「答えてください。いや、答えなさい。教育だとか何だとか言って、暴力を振るってるんじゃないですか」

野田は目をつり上げた。

「そんな質問に答えられるもんですか。あなたこそ、こんなところでのぞき見のようなことをして、園の責任者の一人である私を侮辱までした。ただでは済ませませんよ。

厳重に抗議しますから！」

副園長はぷりぷり怒って、まくし立てた。叱りつける声が園庭にまで響き渡ったのか。気がつけば、子供たちが集まって、しょげている自分の姿を首を伸ばしてのぞいていた。やーい、やーいと言わんばかりの顔をする子もいた。

思いつきで強い取り調べを試みてみたものの、失敗は明らかであった。副園長の態度に何かを隠しているようすはうかがえない。

有村は自転車にまたがると、「やってしまった」と小声でつぶやいた。

11

マナーモードにしていた有村の携帯が制服の内ポケットで震動したのは、園を去って十分後のことだ。

署の代表番号が表示されている。副園長からさっそく、苦情がいったのだろう。地域課長が叱るときの声を想像しながら自転車を止め、重たい気持ちで応答ボタンに触れた。

だが電話の相手はちがった。刑事課の関口《せきぐち》巡査部長であった。男らしい張りのある低音が響いてきた。

「スカイツリー下の商店街でトラブルだ。すぐ行ってくれるか」

「何があったんですか」

「蕎麦屋の従業員から通報を受けて近くの交番から一人出したんだが、営業妨害に相当しそうな事案だ」

「どうして私が？」

「被疑者が有村誠司の名を出して、それ以外の者には何も話さないと言っているらしい。おれも行くから、現地で会おう」

蕎麦屋、営業妨害と聞いて浮かぶ顔は一つしかない。健ちゃんだ。いったい、何をしたのか。関口が告げた住所を復唱すると、自転車の向きをすばやく反転させた。歩道から車道に乗りだし、バイクに負けじとペダルを踏み込んだ。

だが、こんなときに限って不運に見舞われる。角で急ハンドルを切ったとき、タイヤがパンクしてしまったのだ。

自転車を乗り捨てて、全速力で走った。走る警官の姿に通行人がみな、何が起こったのかと振り向いた。

ぜいぜいと息を吐き出しながら、目的の番地にたどりついてみると、やはりそこは花野のライバル店「松匠庵」であった。

関口が先着していた。いかにも元SPらしく鍛えた大きな体が目に飛び込んできた。

そして、心配した通り、関口に隠れるように健ちゃんの姿があった。

しかし、おやっと思ったのは関口が健ちゃんに恭《うやうや》しく接していたことである。

「遅いぞ」と言ったのは、関口ではなく、健ちゃんだった。

「関口さん、お知り合いですか」

「何言ってんだ。お前、墨田署にいて長谷川さんを知らないのか。防犯運動、春秋の交通安全週間、何かあるたびにボランティアとして参加してもらっている」

「そうだったんですか。でも、どうして僕を呼び出したんですか」

健ちゃんが答えた。

「きのうからのおれの行動をすべて知っているからだ。お前さえいれば調書とか何とかをとられるとき、一から話す必要がないだろ？」

と言われても、何のことだかわからない。

「いったい、どういうことですか？」

「おれは悪いことをした」

「それじゃあ、わかりません」

健ちゃんは、フーとため息を一つ吐いて言った。

「花野の店の書き込みを、そこの店の前に立って大声で読み上げてやったのよ。グルメサイトにほかの店の悪い情報を流す卑劣な蕎麦屋だと、ばらしてやったんだ」と、松匠庵の軒先を指さした。

「どんな気持ちがするか、わからせてやりたかった。老眼鏡を忘れたんで、ちょっと読み損ねがあったかもしれんがな」

「それで店から通報されたんですね」

「そうだ、だからおれを逮捕しろ。現行犯なら令状はいらねえんだろ？」

「たしかにそうですけど」

「さっさとやれ、手錠をかけて見せ物のように引っ張って行け」

有村は目を見張り、声を裏返した。

「長谷川さん、自分の言ってることがわかってるんですか？」

12

「いやはや、有村くん、そりゃあ困ったわね」

「いい気持ちはしませんでした」

「でも、その程度のことだとすぐに釈放になるんじゃない？」

「ええ、巡査部長の試験に通らない自分でも、それぐらいのことはわかりました」

「プッ……」

「何がおかしいんですか?」

「昇進試験に落ちたことよ。けっこう気にしてるんだね」

「まあ、そうですけど」

「大丈夫だよ、有村くんが本気になれば、受かるはずよ」

「前の試験にも本気で臨んだんですけど」

「じゃあ、次の試験は本気を二倍出して」

「本気を二倍? うーん、どうすればいいんだろう。えーと……ああ、もう、僕の話はやめましょう」

「そうね。で、手錠をかけたあと、どうなったの?」

「一緒にパトカーに乗ると、健ちゃんはこう言ったんです。『そういえば、涼太はパトカーが好きだって言ってたな。そのうち、あの子も乗せてやってくれ』……」

「まあ、あきれた。余裕しゃくしゃくって感じね。有村くん、すっかり健ちゃんに翻《ほん》弄《ろう》されてるわね」

「ええ、弄《もてあそ》ばれるままでした。署の取調室に入ってからも、そんな調子です。調書は面倒くさいからお前が勝手に書いておけとか、逮捕されたのは三十年ぶりとか、いろいろ話してました。何でも過激派に間違えられて、丸の内警察に泊められたことがあるそうです」

「昔からやんちゃな人だったんだね」

「そうこうしているうち、身元引受人として奥さんが来て、一緒に帰りました。正式な取り調べは告訴状が出てから、もしくは告訴の中身を検討してからと、私が説明させられました。署がお世話になってる人だから、関口さんをはじめ、みんな心情的にかかわるのが嫌なんだと思いますよ」

「誰も望まない役をやらされたわけね」

「それだけじゃなくて、健ちゃんから指示を受けました」

「どんな？」

「松匠庵から被害者調書か、告訴状をその日のうちに取れというんです。『裁判で使えるしっかりしたやつを』とも」

「へー、裁判で使えるやつって、どういう意味だろう？　さっぱりわからない」

「そうなんですけど勢いに押されてしまって……結局、健ちゃんを釈放したあと、署から告訴状の雛型《ひながた》を持ち出して書いてもらいに行きました」

「ねえ、ところで、健ちゃんの奥さんはどんな人なの？」

「はあ、どんな人？　そういえば、あいさつのときに僕の名刺を渡したら、名前をほめてもらいました。いい名前だって」

「ふーん、似たもの夫婦ね。まず名前をほめるなんて」

「ちょっとしか話をしていないので、よくわかりませんが、きちんとスーツを着こなしている女性で、背筋が伸びていましたね。夫が逮捕されれば普通は動揺するものだろうけど、とても落ち着き払っていて、買い物のあとみたいな雰囲気で署を出て行きました」

「奥さんは肝《きも》の据わった人かもしれないね。そうじゃなきゃ、健ちゃんみたいな人と一緒に暮らしていけないでしょう」

「僕も同じことを思いました。で、倉沢さん、ここからなんです。この一件が大きく動いていくのは……」

13

健ちゃんの逮捕から一夜明け、有村の携帯が音を立てて鳴ったのは、きょうのまだ朝の早い時間帯であった。朝寝坊は非番の日の楽しみの一つだったが、表示された登録名を見たとたん、両目がぱっちりと開いた。

健ちゃんはおはようのあいさつもなく、「出かけるぞ、告訴状を忘れるなよ」といつもの命令口調で言った。

グルメサイトの本社は六本木の高層ビルにあった。

小さな応接室に通され、苦情対応係だという若い男の社員が出てきた。健ちゃんはチェック柄のジャンパーに下半身はジャージという普段着なのに、いきなり社員が背広を着ていないことに因縁《いんねん》をつけた。

「おい、何だ、その格好は？　おれをなめてるのか。管理職を出せ」

社員がおずおずと引き返したあとに、法務部次長という肩書を持った男が出てきた。名刺を受け取るや、健ちゃんは「ちぇっ、次長か。まあ、いいや。あとで部長さんが後悔することになるぜ」と睨みつけた。

有村はそのとき、魚河岸で働く健ちゃんは仮の姿で、本当のところは反社会勢力の一員なのではないかと真剣に考えた。

「ご用件は何でしょうか」

「電話でアポを入れたとき、言ったはずだ。あんた方のサイトに迷惑な書き込みをした人間を教えろ。あるいは人間たち……」

「それはできませんと、お答えしたはずです」

「通信事業法に基づく要項とやらで、開示請求がどうのというやつだろう？」

「はい、被害が認められれば、正規の手続きをとっていただきます」

「おい、次長さま。被害が認められ次第だと。あんなへなちょこな書き込みで、あんた方が被害と認めるわけないだろう」

次長が口を濁《にご》しているうちに、健ちゃんはたたみかけた。

「ダシがちょっと……蕎麦がそうめんのようだった……店が静かすぎて、おしゃべりの場にふさわしくない……こりゃあ、誰が読んだって、まずいうえに黙って食えみたいな居心地の悪い店に思えるだろう。だけど、一つ一つは評価を装って悪口ではないように書かれている。こんなのが、まじめに働く人間めがけて、どんどん押し寄せるんだぞ」

「そんなことは……」

次長はハンカチを取り出して、額ににじむ汗を拭き始めた。しかし、言うことはあまり変わらなかった。

「サイトの利用者のプライバシーと、それに表現の自由の問題がありまして」

「あんた、憲法なんぞを持ち出して蕎麦屋をつぶす気か。被害の審査だの、書類の提出だの、そんなことをやってるうちに店がつぶれちまったら、どう責任とるんだ」

「せっ、責任とは……」

「責任があるんだ、あんたらには。人様から金をもらって仕事をするってえのはそういうことじゃないか」

有村はだんだんと健ちゃんのやくざ口調が気にならなくなっていた。そうだそうだと声をあげて、説教に参加したいほどであった。

「どうしても、ダメか、次長」

「ええ、規定に反します」

「だったら、おれが覆《くつがえ》してやろうじゃないか」

健ちゃんはそう言うと、あごでしゃくり、有村にカバンから告訴状を取り出して見せるように命じた。

「はい、ただちに」と、有村は部下のように居ずまいをただして請け合った。被疑者と警察官のやり取りとしては異常だ。

「これは墨田署が正式に受理したもんだな？」

「まちがいありません。事件番号もここに」と次長に向かって指で示したあと、「ここにいる長谷川健介さんは確かに、松匠庵の営業を不正に妨害したとして訴えられています。この書類はそれを証明するものです」と説明した。

次長は少しぽかんとして、返す言葉に迷っているようだった。

「わけわかんねえって、顔してるな」

「告訴と開示請求にどんな関係がおありなのですか？」

健ちゃんはそこで、ぐっと身を乗り出した。

「おれの被疑者としての立場を考えてくれってことだよ」

「といいますと？」

「つまりは可罰性《かばっせい》よ」

「可罰性？」

「刑事罰を与えるかどうかという警察の判断だ。おれは松匠庵の軒先で、ライバルの店の営業を妨害した卑劣な店だと言ってやった。だが、それが真実ならどうだろう？ おれは正義の訴えをしたのに、刑事罰に問われることになりかねない」

「確かに、おかしいことになりますね」

「だろ？ だからね、次長さん、おれは被疑者の権利を使わせてもらうことにしたんだ」

「被疑者の権利……はて、どういうことでしょう」

「おれは豊洲の市場に勤めている。とんでもなく朝早い仕事で、毎日がくたくただ。そこに警察の呼び出しが来る。連日、可罰性とやらを判断するために何時間も聴取されて体を休めることも満足にできなくなる」

「お気の毒なことです」

「おう、そう思うだろう。そこで、おれは被疑者の防御権《ぼうぎょ》というものを使わせてもらうことにした」

「どういうことですか？」

「地裁に、書き込みをした者の開示命令を申し立てようと思っている。松匠庵のたくらみを裏付けるため、警察の捜査より先におれ自らが手続きに動こうってわけだ」

裁判所は告訴された者にそれ相応の事情や緊急性があると判断すれば、開示命令を出してくれる可能性があるという。被告訴人の防御権は憲法が保障する人権の一つであり、判事がそれをおろそかにするはずはないと健ちゃんは力説した。

作戦を何一つ聞かされていなかった有村は、法律家をバカ呼ばわりしておいて、いつのまにか弁護士と合体したかのような健ちゃんをただ茫然《ぼうぜん》と眺めていた。

背後に腕の立つ弁護士がいるとしか思えなかった。そんなふうに考えたのは次長も同じらしかった。顔つきに不安が滲《にじ》み出ていた。

「部長と顧問弁護士に相談してきます。しばらくお待ちください」と血相を変え、急ぎ足で引き返していった。そうして三十分が過ぎた頃、一人の人間の氏名を記したメモが健ちゃんの手に渡った。

14

「いやあ、その手があったか。弁護活動から見ると、裏ワザだわね。被疑者の防御権を使うとは」

「裁判所はそんなことしてくれるんですか」

「このケースだと、あり得ると思う。生活の不便や健康への害、そして緊急性を生々しく主張すれば、裁判所は否定しづらい。ほんとに松匠庵がすべてのトラブルの始まりなら、捜査が人権を著しく侵害することになる。私が判事だったら、開示命令を出しちゃうかもしれない」

「そうか、はったりじゃなかったんだ」

「有村くんは一見、被疑者にこき使われる警察官という変な役に思えるけど、その場では、告訴が正式に受理されたことの証人でもあったわけだよ。すべてよく考えられている」

「まあ、そう言っていただくと、僕も胸を張りたくなります」

「それに墨田署だって助かったはずよ。自分たちがやらなければならない告訴の反証作業を、大胆な手段で代わりにやってくれたわけだし。ねえ、どうしてこんなことが健ちゃんにできるのよ」

「さあ、聞いても教えてくれませんでした。おれのプライバシーだとか、人生の恥部だとか言って、よほど知られたくない事情がありそうです」

「ふーん、何だかさっぱりわからない。ふしぎの国の魔法使いみたいな健ちゃんだね。最近は暴力団の人たちだって、法律に詳しいそうだから。ところで、書き込みをしていたのはどんな人たちだったの？」

「人たちではなくて、人だったんです。高島瑠理が犯人でした」

「ひえー、それって、マッチポンプってこと？　自分で被害を作っておいてから、素知らぬふりをして救い主のような顔で訪問する」

「ひどすぎますよね」

「でも、その高島って女は告訴を花野さんにけしかけていたんじゃなかったっけ？」

「恐らく、サイトの運営業者が情報を開示するはずはないと確信していたんだと思います。事実、彼らの抵抗は強いものでした」

「運営会社はどうやって個人を特定したのかしら？」

「ええ、高島はネットカフェなどの複数の端末を利用し、それぞれ異なる登録名で書き込んでいたんですけど、そのうちの一つで同じグルメサイトを使って料理店を予約していたんです。ポイントを得るのにクレジットカードを使用していたため、しっぽをつかまれることになりました」

「ちっちゃな欲がほころびになったのね」

「僕たちが待たされている間、技術者が端末をたたいてパッとわかったようですよ」

「へー、サイバー空間のプライバシーなんて、あってないようなもんなんだね。ところで、涼太くんのストレスの原因はわかったの？」

15

おとなしくレゴブロックで遊んでいる涼太を見つめつつ、有村はおとといからの騒動をいくぶん落ち着いた心持ちで振り返ることができるようになっていた。一番よかったと思えるのは、虐待された子供がいなかったことだ。

真実を突き止めるきっかけになったのは蕎麦屋を訪ねた日、児童公園の横道で別れたあとの健ちゃんの行動に尽きる。涼太と相撲をとっていた子供のあとをつけたという。そうして涼太の友達が松匠庵の息子であることをつかみ、ストレスの原因に察しをつけたのだった。

グルメサイトの会社での交渉の帰り、電車のつり革につかまりながら健ちゃんは言った。

「友達の家が敵だと聞かされて、心が壊れそうになっていたんだろう。あの女が来て、両親の店の悪口を言ってるのが松匠庵だって話をしてるんだからな」

有村はステージでの涼太の沈んだ顔を思い出した。

「相撲が嫌いなわけではなく、家のトラブルを思い出させていたんですね」

「だろうなあ」

健ちゃんとは地下鉄を乗り換えた日比谷で別れた。

そのあとの彼の行動は数時間後にわかった。花野家や警察に事の次第を明かす前に、高島瑠理を呼びだして話をしていたのだ。

どんな説教をしたかは知れないが、そこで判明したのは有村にも関係の深い事実であった。頭をなでようとしたとき、涼太が後ろに飛びのいたわけである。

「あいつが怖がったのはお前じゃなくて、ソラ美ちゃんだったんだ。着ぐるみの頭の形がお星さまになってたろう？」

「ええ、そうですね。確かに僕の顔は黄色い五角形のなかに入ってました。でも、なんでそれが怖いんですか？」

「あれだ、あれ、レビューの評価ってやつだ。星の形をしてるだろうが」

もちろん、魚屋と巡査のコンビは小さな被害者からも話を聞いていた。

店の客を増やすには星印の数が大事だと、高島は声を大にして両親に営業していた。涼太は子供なりに疑問を覚え、店の外まで高島を追いかけて行き、意見を言ったという。

「お父さんのお蕎麦は、星印なんてなくてもおいしいよ」

怒りっぽい性分をひた隠しにしていたらしい女は、とたんに目をつり上げた。

「あんた、お店を殺す気？　味なんかどうでもいいの。何でもかんでも、この星が決めるんだからね」

高島はその場でパソコンを開いて、レビューの画面を涼太の目の前に突きつけたそうだ。

16

ビデオ通話の画面に、今にもブチ切れそうな倉沢の顔があった。

「許せない！　その女、性根が腐っている」

「子供だからって、なめて、高島が悪人の地を出したんですよ。そもそも高島は夜の営業を居酒屋に業態変更したほうがいいと勧誘していたそうで、邪魔《じゃま》をされたくなかったのでしょう。涼太の言ったことがよけい気に障ったみたいです」

「腹立つなあ、ほんと……ところで、涼太くんはなぜそこにいるの？」

「健ちゃんがネギマ鍋の作り方を教えてやるって、ご両親を豊洲の会社に連れていってるところです。夜遅くなるようで、僕が預かることになりました」

「えっ？　ネギマ鍋って……」

「江戸時代から伝わる魚河岸料理なんだそうです」

「知ってるわ。私は食べたことないけど、こっちの地検の事務官の人が東京に行ったときに食べたらしくて、ものすごくおいしかったって話してたの」

「へー、九州でも知ってる人は知ってるんですね。健ちゃんは炭火であぶった焦《こ》がしネギに鮪の甘さを合わせたこの料理に、花野の店のダシがぴったりだと言うんです」

「花野のメニューに加えようってこと？」

「ずばり、その通りです。脂《あぶら》の多い腹身の部分は包丁の入れ方や火加減の微妙なちがいで、ぜんぜん味が変わっちゃうそうです」

「やるな、健ちゃん……しかし、高島って女にはけじめをつけさせなきゃならないわね。これからどうするの？　信用毀損罪が適用できると思うけど」

「刑事課の関口さんたちがやる気満々です。高島は会社の営業でトップの成績なのだそうで、花野以外にも余罪がありそうでしょ？」

「だけど、どうしてそこまでひどいことをしたんだろう」

「これも健ちゃんが吐かせたことですけど、高島は非正規の社員で、実績を上げて正社員にしてもらいたかったとか」

「そうか、がんばり方を間違えちゃった人なんだ」

「ですね」

「それはそれとして、手柄は刑事課の人たちが持って行くわけ？」

「ええ、僕は交番の巡査ですから街の治安を守るのが仕事です。犯罪者を追いかけるのではなく、困った人を助けられれば、それが一番いいことだと思っています。何より、涼太が元気になってくれたことがうれしい」

彼女は画面の向こうで、くすっと笑った。

胸がきゅんとした。電話を受けてから、たしか二回目のきゅんだ。

画面に顔を映すなり、バカみたいに敬礼をした自分を思い出した。失敗をとりかえせるだろうか。有村は勇気を出して自分の気持ちを伝えようと思った。ふと脳裏に浮かんだのは、両親を「好き」と言ったときの涼太の澄んだ瞳であった。

あんなふうに素直に、ごく自然に、好きだと言えばいいのだ。

だが――

「あっ、あっ、あのう……」

のっけから言葉に詰まった。

「どうしたの？」

「いや、その……やりなおします」

「何を？」

「倉沢さんに話したいことがあります」

「えっ、何かしら」

有村はいよいよ覚悟を決めた。大きく深呼吸してから画面に顔を寄せた。

その瞬間のことだ。突然、部屋の空気が高い周波数で震動した。

ピンポーン
玄関のチャイムが鳴った。最悪のタイミングで健ちゃんが涼太を迎えにきたのだった。有村はどうしていいかわからず、とたんにおろおろした。

倉沢は半ばあきれたような顔で笑っていた。

「そういえば、こっちに来て、いい格言を教わったんだ」

「かっ、格言ですか」

「そう、シュートはパスを求める人間にしか決められないんだって」

すぐに意味を理解できなかった。反応できないでいたところ、電話を切る前にこう言われた。

「得点というものはね。まずは取ろうとしないと、入らないってことだよ。じゃあ、またね」

健ちゃんのワゴン車には「魚多田」という仲卸会社の名が書かれていた。

涼太を助手席に乗せると、有村は「今度はパトカーに乗せてあげるよ」と言って頭をなでた。涼太は逃げなかった。

健ちゃんが鋭いのは目つきだけではない。

「おい、巡査、お前、玄関から出てきたときから元気ねえなあ。なんか、シュンとしてねえか？」

「気のせいですよ」

　有村は強がった。

「まっ、若いんだから、いろいろあるわな。何か困ったことがあったら市場に来い。鮪でも鯛でも、おれが上等なところを食わしてやる」

「ぜひ、そのうちお世話になります。でも……」

「でも、何だ？　男だったら、パンパンパーンとはっきりものを言え」

「はい、では言います。もう被疑者と警察官という関係では会いたくありません」

「おっ、けっこう減らず口もたたけるじゃねえか」

　健ちゃんはガハハと笑い、音が出るほど強く若い巡査の背中をたたいてから運転席に乗り込んでいった。

　夜空を見上げると、いくつかの星がまたたいていた。誰のものでもないから、星は美しいのだろうと思った。

　寮の前の都道は一直線に延びている。有村は車のテールランプが見えなくなるまで、背筋を伸ばし、胸をいっぱいに張り、敬礼をして魚河岸の男を見送った。

春風

空の一部になったように隅田川が夕日に染まっていた。水面を春風《しゅんぷう》があおり、護岸ブロックの縁に小さな波が立っている。久我周平は言問橋の中ほどにさしかかると、歩みを止めた。欄干に手を添え、川の流れをのぞき込んだ。

桜並木の散らす花びらが水の流れの表面を滑っていく。花びらが花びらを追いかけ、際限なく続いていく。区検という職場で小さな事件ばかりにあくせくと追われる自分をかさねそうになったものの、清らかに咲いた桜と同じにするのは申し訳ないと思い、考えるのをやめた。

区検に戻ろうとしたとき、自分がいなければ誰一人座っていない狭い検察官室を思い浮かべた。倉沢は元気だろうか。今ごろ誰と取っくみ合っているのだろうか。

橋を歩いて渡っていたのは、川向こうの墨田署から相談があると連絡があったからだ。それが済んだあとの帰り道であった。

ディスカウント店で、展示品の腕時計を万引きした小学校教師の身柄に関する相談であった。品物を上着の下に隠して店を出ようとしたところを警備員に押さえられたにもかかわらず、犯行を認めなかったのである。

刑事課に足を踏み入れるなり、課長の追出は憤怒《ふんぬ》をありありと顔に出していた。

「一晩泊めて調べをしたいんだが、どうでしょう？」

久我は渡された資料に目を通すと、遠慮がちに首を横に振った。

「釈放してください」

盗みが未遂であるうえ、初犯、さらに腕時計はキャラクター・グッズの安価な品で、検事なら誰でも知っている起訴相当額にいくぶん足りなかった。

教師の釈明はこうだ。時計は買うつもりだった。上着の下に入れたのに気づいてレジに引き返そうとしたとき、警備員に声をかけられた……。嘘っぽいけれど、ぽいがつく限り万引きを打ち消す供述以外の何物でもない。

反省の態度がないことに追出は憤《いきどお》っていた。疑いは濃厚でも、検察が処分をしない見通しでは事件を発表することはできない。白黒つけられないまま、教師の犯行はなかったも同然になってしまうのである。

「あんなのが何食わぬ顔であしたも教壇に立つかと思うと、私はそれが一番許せんのです。何も知らない子供たちがかわいそうだ」

ただ反省させ、事件の再発を防ぐためだけに身柄の拘束はできない。憲法が定める人権の条項の後ろに、やむを得ず犯罪が隠れてしまうケースである。訴追ぎりぎりの小さな事件を扱う検事には珍しい例ではなかった。胸の内には追出と同じくらい、悔しさを抱えていた。

花びらの追いかけっこをぼんやりと眺めていると、携帯が鳴った。表示された番号を見て、どきりとした。

東京地検本庁、特捜部長席からかかる電話を受けるのはこれが二回目だ。前回は着信の音が検察内の陰湿な権力争いに巻き込まれる合図となった。人事への期待に胸をときめかせて部長の福地に会ったものの、区検の取調室を貸せ、というただそれだけの用事だった。

真っ逆さまに突き落とされた記憶はまだ消えていない。みじめな境遇の自分よりずっと、妻の多香子が怒っていたのを思い出す。

「ふん、特捜部長って、そんなに偉いの？　人を愚弄《ぐろう》する罪とか、バカにする罪とか、刑法にはないんだっけ？」

ためらったすえ、応答ボタンに触れた。

「久我です」

福地はあいさつもなしに用向きを切り出した。

「きみにやってもらいたい仕事があるんだ」

虚をつかれた。

「私に仕事ですか？」

「ああ、きみに任せたい事件がある」

皮肉の一つでも返したかったが、福地は冷徹な口調でたたみかけてきた。

「きみを臨時に、特捜検事として起用することにした。これは命令だ。これからすぐ本庁に来てくれ」

福地はこちらの都合も聞かず、それだけ言って電話を切った。

久我は春風が突風となって全身に吹き付けるのを感じた。奇妙な感覚であった。凍《い》てつく冬の間に待ち焦がれた暖気を含む風ではあるけれど、痛い。

家に帰って、多香子に何を話すことになるのだろう。久我は数十分先の自分の未来が想像できなかった。

解説

頭木弘樹（文学紹介者）

文庫を買うかどうか検討するとき、私はまず巻末の解説を少し立ち読みしてみる。あなたもそうだろうか？

まずは、そういう私のような人に必要な情報を書いておこう。

本書は、第三回警察小説大賞受賞作『転がる検事に苔《こけ》むさず』につづく、直島翔の第二作で、続編にあたる。となると、前作を読んでおいたほうがよさそうだが、その心配はない。「優れた続編に予習はいらない」と言った人がいるが、まったくそのとおりで、本書から読んでも大丈夫だ。気に入ったら、それから前作を読んでみればいい。本書には前日譚《ぜんじつたん》的な話も入っているから、それも一興だ。

では、本書はいったいどういう内容なのか？　あなたの好みの小説なのか、そうでないのか。これが肝心だ。ミステリは、なにしろ幅広い。エドガー・アラン・ポーの短編小説『モルグ街の殺人』が発表されたのが一八四一年。そこから百八十年以上のあいだに、生き物が枝分かれしながら多様に進化していくように、じつにさまざまなタイプのミステリが誕生した。本格、名探偵もの、怪盗もの、倒叙、ハードボイルド、ソフトボイルド、スパイ小説、サスペンス、奇妙な味、安楽椅子探偵もの、法廷もの、新本格、館もの、警察小説、業界ミステリ、クライム・ストーリー、ユーモアミステリ、パロディ、パスティーシュ、捕物帖《とりものちょう》、社会派、トラベルミステリ、歴史ミステリ、官能ミステリ、ホラーミステリ、パズルミステリ、青春ミステリ、恋愛ミステリ、医療ミステリ、SFミステリ、特殊設定ミステリ、メタミステリ、日常の謎、叙述トリック、バカミス、イヤミス……思いつくままにあげてみてもきりがないほどだ。

そうした分類の他に、私の場合はとにかく、読んだあとでむなしくなるものは避けたいという気持ちが強い。あなたはどうだろうか？　たとえば、なんとも異常な事件が起きて、どうしてこんなことが？　という謎にひっぱられて読んだら、「犯人はサイコパスだったので異常なことをしたんです」という説明だったりすると、心底がっかりしてしまう。人間には不可能な事件の犯人が宇宙人だったこともあり、あれは本当にあきれた。まあ、そこまでいかなくても、魅力的な謎で始まった物語が、なんともつまらない解決に収束して、「幽霊の正体見たり枯れ尾花」となってしまうことは少なくない。ただ、これはしかたないところもある。ちゃんと解決してくれないと困るし、納得のいく解決というのは、不可解な謎よりも、どうしたって見劣りがする。これは推理小説というジャンルの根本的な弱点でもあると思う。意外な犯人だったときも、けっきょく誰が犯人でもどうでもいいわけで、なんでこんな他人の家の遺産相続の話なんかを自分は長々と読んでしまったんだろうなどと、むなしくなってしまうことがある。「読んでいるあいだ、楽しければいいじゃないか」と自分をなぐさめてみるが、できることなら読み終えたあとも、「堪能した！　読んでよかった！」と思いたいではないか。ある劇作家が、「演劇を見ているあいだは笑っていたくせに、見終わったら『つまらない』と言う客がいて腹が立つ」と怒っていて、その腹立ちもよくわかると同情したが、観客の正直な気持ちとしてはありうることだと思う。

ミステリというジャンルが好きで、ずいぶん読んでいるが、むなしさもたっぷり味わってきた。それでも、また読んでしまうのは、ミステリにはそれだけのポテンシャルがあるからだろう。

そういうなかで私は、直島翔の作品と出合った。そして、それ以来、すべての作品を読んでいる。

その作者の新刊が出るのが楽しみで、出たらすぐに買って、読んでいるあいだは幸せで、読み終わると、満足してほうっと息をつき、その世界が終わってしまったことのさびしさで、あらためてため息をつく。私にとってそんな作家のひとりが、直島翔だ。

最初に読んだのは、先にもあげた、第三回警察小説大賞受賞作『転がる検事に苔むさず』で、これが直島翔のデビュー作だ。警察官も出てくるが、主人公は検事。といっても、さっそうとした東京地検特捜部とかではなく、区検の浅草分室に勤務する検事。私は区検というものがあることを知らなかったし、これまで小説や映画やドラマで描かれたこともないと思う。それだけ日の当たらない部署ということだ。しかも、まだ若いからそこにいるのではなく、もう四十二歳。四浪の末に司法試験に合格し検察庁に入庁、中小の支部ばかりを渡り歩き、現在に至る。担当するのは、少年の窃盗事件とか、町の小さな事件ばかり。

そんな人を主人公にして面白い小説になるのか？　と思うが、これがなっているのだから、そこが小説というものの力だし、直島翔の筆の力だ。

じつは直島翔は大手新聞記者で、かつて社会部で検察庁を担当していたという。なるほど、普通は知らないし、表に出ないようなことまで、よく知っているはずだ。三谷幸喜の『今夜、宇宙の片隅で』というテレビドラマに、「本当にあったことじゃないと興味がもてない」と語る人が出てくる。たしかに、孤島の奇妙な館で起きる事件というような、作り物だからこその面白さがある一方で、本当の事件を綿密に取材して書かれたものにしかない面白さもある。後者が好きな人には、本書はおすすめだ。そういう意味では、社会派、業界ミステリとも言える。

ただ、本書にはフィクションならではの楽しさもたっぷりある。事件を紹介し分析するだけでなく、物語として展開してくれる。いくつもの謎が出てきて、興味をひっぱってくれ、それが意外なかたちで解決されていく。その都度、現実のベールが1枚ずつはがされていく。現実の事件は、表面だけ見ていてはわからないのはもちろん、深く探っていくと、今度は複雑すぎてよくわからなくなっていく。それを、複数のレイヤーに分けて、ひとつずつ楽しみながらわからせてくれるのだ。なるほど、こういうレイヤーが重なって、表面的にはこう見えるし、全部まとめると複雑でわからなくなっていたのかと、見通せる。たとえば「国家レベルの経済の不都合の尻ぬぐいを、たった五人の会社員ですることになる」というようなおそろしい構図の実態を。こういう謎解きの快感は、新聞記者であると同時に文学者でもある著者ならではと言えるだろう。ノンフィクションとフィクションという、ある意味では相反《あい》するものが、ひとつに融合している。ノンフィクションであることがフィクションをより面白くし、フィクションであることがノンフィクションをより面白くしている。「ノンフィクションしか読まない」という人にも、ぜひこの掛け算の面白さを味わってみてもらいたい。

そして、直島翔の作品の大きな魅力は、登場人物たちだ。ミステリでは、登場人物たちがチェスのコマのようにあつかわれたり、人間味がないこともあるが、作風によってはそれも欠点とは言えない。ただ、直島翔の作品では、モデルとなった人物がいるのかいないのか、それはわからないが、登場人物たちにとてもひきつけられる。頭脳明晰《めいせき》とか容姿端麗とか、極端な魅力があるわけではないのに、いつの間にかひきつけられる。ふだんの生活でも、そういう不思議な魅力を持つ人がいるものだが、直島作品はそういうとらえどころのない魅力を見事にとらえている。たとえば、本書だと健ちゃんという新しい登場人物。本の中とはいえ、こういう人に出会えるのは嬉《うれ》しいことだ。直島作品が、読後にもほんわりといい気持ちにさせてくれるのは、登場人物たちのおかげも大きいだろう。

前作を読み終えて、この登場人物たちにまた会いたいと願っていた私にとって、本書はとても嬉しいものだった。ところが、プロローグ的な掌編「シャベルとスコップ」でいきなり、主要な登場人物のひとりである新人検察官の倉沢ひとみが鹿児島の地検に異動になるのだ。あれ？　主人公の久我周平だけになってしまうのかと意表をつかれたのだが、第一話の「ジャンブルズ」は鹿児島での倉沢ひとみの活躍が描かれる。今回は倉沢ひとみの話なのかと思ったら、第二話の「恋する検事はわきまえない」では久我周平が出てくる。しかし、展開されるのは、常磐春子という「特捜部初の女性検事」の初仕事の思い出話だ。ここでハッと気づく。この本はたんなる続編ではなく、それぞれの登場人物が主人公となる物語が連なる、スピンオフ集のような連作なのだと。第三話の「海と殺意」は久我周平が中心の話になる。そして第四話の

「健ちゃんに法はいらない」は、これも前作に登場していた墨田署の交番巡査、有村誠司の話になる。ここでまた読み手はハッと気づかされる。これまでの四つの物語はバラバラな話だと思っていたのに、すべてリンクしていたのだと！　著者の企《たくら》みはじつに周到なのだ。ヒッチコックは、登場人物が気づいていないことを観客だけが気づいているほうがいいんだと、映画の極意を語ったそうだ。第四話の「健ちゃんに法はいらない」では、有村誠司が不思議でならないことを、読者はよくわかっていて、たしかに、そのことがとても楽しい。エピローグ的な掌編「春風」で、全体がきれいにしめくくられ、今回も読み終えて、なんとも心地のよい読後感だった。

この心地よさはどこから来るのか？　事件を通して、社会を見つめる目を養えたからか？　登場人物たちの人間性、かかわり合い方、恋愛模様が魅力的だからか？　ミステリとしての仕掛けに見事にひっかかって、何度もああそうだったのかと膝を打ったことが楽しかったのか？　理由はさまざまにあげられるが、いくらあげても、それだけでは説明しつくせない。言葉では説明ができない、どこからわき出してくるのかわからないあたたかさが、直島翔の作品にはある。

かつて仁木悦子《にきえつこ》、天藤真《てんどうしん》という、不思議なあたたかさを感じさせるミステリ作家たちがいた。人間や社会の暗部を直視しながらも、読み終えて、暗澹《あんたん》たる気持ちにならない。どこか人を見る目がやさしいのだ。私がミステリを読み出したときには、どちらもうこの世にはいなかった。希有《けう》な存在で、その後、同じあたたかさを感じさせる作家に出会うことはなかった。直島翔は、また別のオリジナルな作家だが、あたたかさという点で、この二人の跡を継いでくれる、かけがえのない存在ではないかと思っている。

本書が気に入ったら、ぜひ直島翔の他の作品も読んでみてほしい。先にも書いたように、『転がる検事に苔むさず』がデビュー作で、小学館文庫になっている。Amazon のAudibleでオーディオブックにもなっている。本書が二作目で、さらに警察医が主人公の第三作『警察医のコード』(ハルキ文庫)、発達障害の裁判官が主人公の第四作『テミスの不確かな法廷』(角川書店)が刊行されている。私はさらなる新刊を今か今かと待っているところだ。

かしらぎ・ひろき／筑波大学卒。大学三年の二十歳のときに難病になり、十三年間の闘病生活を送る。そのときにカフカの言葉が救いとなった経験から、二〇一一年『絶望名人カフカの人生論』を編訳。著書・編書に『ひきこもり図書館』、『うんこ文学』、『食べることと出すこと』、『自分疲れ』ほか多数。

本書のプロフィール

本書は、二〇二二年三月に小学館より単行本として刊行された同名作品を改稿し文庫化したものです。

小学館文庫

恋《こい》する検事《けんじ》はわきまえない

著者　直島《なおしま》　翔《しょう》

二〇二四年十二月十一日　初版第一刷発行

発行人　石川和男
発行所　株式会社　小学館
〒一〇一-八〇〇一
東京都千代田区一ツ橋二-三-一
電話　編集〇三-三二三〇-四二六五
　　　販売〇三-五二八一-三五五五
印刷所――TOPPAN株式会社

ISBN978-4-09-407412-3